立川文庫セレクション

Saigo Takamori

Nobana Sanjin

立川文庫セレクション

野花散人◉著

西郷隆盛

論創社

西郷隆盛　目次

西郷隆盛

◎賞められるのは大嫌い

嶺の紅葉は明け初める朝暾をうけて、さらでも花やかな色に輝々とした光りを添え、塒放れた鳥の声は杜から杜に伝わって、暁告ぐる鐘の音と和し、今までは沈みに沈んだ寂寞の天地も俄かに活気を呈したかと思わしめた時、遥かに鹿児島の城下を離れた此上野園村へ、草葉の露を馬蹄に散らして駈け付けた一人の武士がある。

村の入口に着いて、折柄耕作に出ようとする二三の百姓に何か尋ねる有様であったが、まも無く駒を進めたのは曲り屈った横道の、陋くろしき荒屋であった。見れば中には此家の主人であろう、年の頃五十前後の人が、朝の支度に余念なく立ち働いて居る側に、十七八歳とも見える少年を頭に、其他二人の弟らしいのが雑って甲斐〲しく手伝うて居る様、広くもあらぬ家の内だけに悉く見え透いて居る。彼の武士は暫らく此の体を見て居ったが、軈て馬よりヒラリと下り、手綱を傍らの立木に繋いでツカ〱と門口に足を運んだ。「聊か物を尋ねる。西郷吉蔵と云うのは此処か」と云う声に主人は何気なく眺めたが、其風体の卑しからぬに少なからず驚いた様子。「ヘッ、私しは御尋ねの吉蔵でござります。御見受け申せば御家中の御歴々と御察し致しまするが、何か御用でも……」「オヽ、御身が吉蔵であるか。拙者は当国の御領主、島津公の御親縁に居らせられる和泉殿の近侍、岸本小十郎と申す者である。此度殿の御内意を受け、聊か御意得たいことがあって参った」「ヘエッ、和泉様から卑しき私しに、如何なる御用かは存じませんが勿体至極も無い……殊に早朝より御歴々の方が態々の御越し、御使い柄何んともはや恐れ入りまする。誠に陋くろしゅうございますが、何うか先ず是れへ御通りを願いまする」「アイヤ〳〵決して懸念無用」と、詞静かに云うた後、やおら上り口に腰を掛けた。「夫れでは余りの端近、恐れ入りまする」「イヤ〳〵、決して構わっしゃるな……時に卒爾ながら尋ねるが、吉之助とやらは居られるか」「ヘエッ、吉之助……如何にも居ります。が何か御家中の方へ無礼でも致しましてござりまするか。何分小供の事……」「イヤ〳〵、実は殿よりの御内意は其者へ下がったのである」「ヘエー、ドッ、何んなことで……」「御身も聞いたであろう。一昨日鬼啼谷の件を……殿には非常の御感服であるぞ。かね〴〵只の小供では無いと云う噂は御耳にせられては居られた御様子なれども、今回の事、其胆力と云い、宏量の気と云い実に大人も及ばぬ致し方とあって是非目通りへ召し連れよとの事である。尤も此の儀昨日仰せられたので、直ちに出ようと存じたなれど、早朝より山苅りに趣かれるとのことを承わったにより、殊更ら早朝に参った。御身も宜い子息を持たれた。羨ましゅう思うぞ」「チョッ、一寸御待ちを願いまする。全体吉之助は如何致しましたので……恐れながら私し何事も聞き及びませぬが何か御間違でも……」「オヽ、御身にまで秘して居ったか。いよ〳〵其心根に感服を致した……何は兎もあれ一寸此の処まで呼ばれたい」「ハッ……、併し何分にも無作法者でござりますれば万一失礼致しましては……」「イヤ〳〵苦しゅうござらぬ是非に」「ヘヽッ」

藪から棒の話しに吉蔵は怪しみ且つ驚いたが、其言葉の様子では吉之助の事について何かは知らぬが賞めて居るとは知った。で心を休めたのみか世の中に子を賞められて悦ばぬ親は無い。訝かしみながらも心の内では窃かに悦んで直ちに吉之助の名を二度三度呼ぶと、声に応じて出て来たのは前刻来二人の弟らしいのを相手に家事に立ち働いて居った十七八歳とも見える少年で、吉蔵の後に手をついて座った。「父上御呼びでございますか」「オヽ」と吉蔵は詞をかけんとするを賺さず遮った岸本「オヽ、御身は吉之助であるか。

聞き及ぶに一昨日は鬼啼谷に於て大層な手柄を致された趣き、今更ながら感服を致したぞ」と云うを訝しげに眺めた吉之助「御言葉ではございますが、左様の儀は決してございませぬ。失礼ながら何かの御聞き誤まりかと存じますが」「アコリャ〳〵最早秘するには及ばぬ。昨日八幡の神官稲生より委細を聞き及んで居る。就ては御領主の御親縁、和泉公には是非対面を致したいにより召しつれよとの事である。是れより同道致すにより仕度を致されたい」「御用がござりますれば父上の御許しを受けましたる後、何れへなりとも御供を仕つりますなれども、私しは何も手柄を致しました覚えはござりませぬ」「イヤ〳〵、一昨日鬼啼谷に於て、三名の荒男を挫ぎ、稲生の娘秋子なるものゝ危難を救われしのみか、尚打ち懲すべき荒男共に将来を戒めて放ち与え、且つは御身の手柄を隠されん為め、殊更らに口止をせられ、姓氏も名乗れずに立ち去られたとやら、人は無き武名までも誇ろうとせられる当今の世に、さても胆力と云い性質と云い、若年に似ず天ッ晴れ見上げたる志し、ほと〳〵感服の外ござらぬ」

　岸本が語った意外の言葉を、初耳に聞いた吉蔵は呆れた。呆れて暫らく両人の顔を眺めたまゝ一言も発し得ぬ。が吉之助は平気でニッコと笑て「あのような事を事々しく手柄なぞと御賞めに預かっては世の中は闇になりまする。悪い奴に苦しめられる弱い者は助けるのは普通、又た悪い奴でも改める色があれば夫れを戒めるは人の道かと存じまする。其普通の事をなし人の道を踏む者を珍らしそうに賞めるようでは悪い者はいよ〳〵邇蔓り、善いことが廃るでございましょう。一昨日の事は畢竟普通の事を致しまして、人の道を踏んだに過ぎませねば、別に事々しく申し上げる程の事はございませぬ。又た其節殊更ら心あって姓氏を秘したのでもございませぬ。斯ような事を手柄として御賞め頂きましては私し心がすみませぬのみか、失礼ながら聊か御見当が違うかと存じまする」とジロリと岸本を眺めて尚も言葉をついだ。「若し又た此の事が人を救うた為めとの御賞めでございますなれば、私共よりまだ〳〵御賞めを蒙むらねばならぬ者がございまする。私しは僅かに一人の人を救うたに過ぎませぬが、田を作る百姓は普通の事をして国々の沢山の人を救うて居るではございませんか。今日百姓が働いて居る為めに多くの人々が何れほど命を繋いで居るかも知れません。さすれば是れ等の者を充分御賞めにならねばならぬ筈でございますけれども、其百姓の名を殊更ら尋ねる人もございませねば、御賞めになった大名も今に聞かぬではございませんか。大体かゝる事を大層らしく御賞めになるのは恐れながら御考え違いかと存じまする。斯ようなことで私しは御賞めに預るのは大嫌いでございまする」

余りに大胆な言葉に今は吉蔵堪えかねたか「是れ、何んと云う失礼な事を申し上げる」と一言吉之助をたしなめて、さて岸本に「何分小供の事でございますれば、無作法の儀何卒御聞き流しの程御願い致しまする」と恐る〳〵云うを軽く首肯いた岸本「否、決して咎めん。只今の申す処尤もである。聞しに勝る心掛け、ほと〳〵感心いたした。して当年何歳に相成る」と穏やかに聞くを、「御覧の通り軀は大きゅうございますが、当年漸く十五に成りました処で……」と吉蔵は答えた。「ナニ、十五……フーム、見受くる処十七八歳にも思われるが逞しい身体であるの。何はともあれ殿の御召しであれば吉蔵、御身附き添いの上、直ちに出られるよう」「ヘヽッ、恐れ入りまする」

◎一家の誉れより御国の為め

後年我国の趨勢に感ずる処あって、征韓の大義を唱え、時の宰相に容れられざる為めに、遂に城山々頭の露と消えた大西郷は実に此の吉之助であって、其意気は幼時に於て既に凡庸ならなんだ。其生長の大略を云うと、祖は遠く南朝の忠臣菊池肥後守に出で、其幾代かの孫に至って薩摩に下り、何日しか微禄を以て公事に仕えることゝなったので、最初菊池氏から吉蔵に至るまで十六代を重ねたと云うことである。吉之助は吉蔵の長子で次に新吾、小兵衛の二弟があった。

天性の慧才は四五歳の時から芽して居ったが、一を聞て十を知るの明は其時から含まれて居ったそうだ。のみならず事に当って心細かく、機に望んで胆の大なる事は世の中の子供と全く趣きを異にして、其鳳雛なることは余所の見る目にも点頭かれる程であったから、吉蔵も身は微禄ではあるが其前途に多大の望みを嘱し、七八歳の頃から読書を藩の儒者松本金兵衛に、武を同じく岩本某に托して教えを乞わしめると、自然に備わる資性は益々敏く、数年ならずして神童の名は藩中に聞えるに至った。が其性の敏捷なるだけ総ての事に於ても其才は動いた。学事武芸の習得するもの以外に於ても能く是れを察した。従がって父吉蔵が困難なる家計の内から、是れ等の資を割かれることも元より知って居る。又た修業中の自分に財物の乏しいを聞かしめぬ為め、殊更ら有り余るが如く装われ居る心の苦しさも知って居る。で心では是れ等に充分の感謝を以て迎えて居ったが、夫れを現わせば反って父の心に悖ると思う所から、少しも夫れらしい色を見せなんだ。が余財の無い為め時に父の苦しげな様子を窺う事も尠く無いので、夫れとは云わぬが、名を精神の練磨と云うことにかって、学業の余暇程遠からぬ山々に分け入り、枯木枯柴を持ち帰っては其幾分かの補いとして居った。

処が何辺の嶺も紅葉の錦を飾った暮秋の或る日のこと、思わず山深く分け入った為め、其一荷となった頃は釣瓶落しの秋の日は何時しか暮れ初めて、皎たる月は既に山の端に照らす頃となった。が、若年とは云え性来の強力に、聊かなりとも鍛練の武がある吉之助、仮令虎狼の難はあるとも敢て意とはせんが家には父母あり、定めて待ち詫び給わんと思た処から、遽かに足を早めて帰途につこうとする時、遥か彼方に当って人の救いを求める声が山彦に響いて聞えた。元来扶弱の気に富んだ彼れ「さては」と思うた間も無く、負うたる背の荷を傍らに解き捨てたるまゝ、声を便りに韋駄天走りとなって駈け付けると行く手の細道より僅か離れた木蔭の下に、何辺よりか誘拐されたらしい一人の婦人が、今しも二人の荒男の為めに苦しめられようとして必死の声を絞って居る処であった。

婦人に近づくを男子の恥とした薩摩の国風、殊に此の人外の所行を見ては壮俊の吉之助少しも猶予をすべき筈が無い。サッと飛び込むが早いか両の拳を固めて手酷く其二人の横面を打ち、驚ろく隙に乗じて大喝敵の気を呑んだので流石の荒男も相手の少年なることも気付ず、辟易して平伏に至った。で夫れを厳そかに将来を戒めて追い帰えした後、再び以前の荷を担ぎ来って悠々婦人を邸の附近まで送り還し、千万の謝辞を述べん為めに姓氏を五月蝿尋ねられるを、堅く口を緘して云わぬのみか、其者にも一切口外を止めて立ち帰ったのであるが、然るに彼の助けられた婦人、遉がに女性である、身の大事を救われた恩、一片の謝意を述べたまゝ秘するは心に於て許さぬ処から、其夜父に此事を語ると、父も驚いて其風采容貌等を綜合して下人に聞いた。下人も驚いて種々調べて見ると疑いも無く吉之助と云うことが解ったが、併し深く考えるに、本人が堅く氏名を秘し、且つは口止めのしたに拘わらず仮令実父とは云え翌朝直ちに謝意を述べるは心なき業と思わぬでも無い。とは云え愛娘の危急を救われたに拘わらず是れを棄ておくことは是又快よからぬ処であると、いろ〳〵思案の末、茲に端なく思い浮べたのは日頃御機嫌伺いの為め伺候する和泉公に此事を言上し、かねて吉之助の人材なるを聞き居るを幸い、有為の士を召す公に推選して隠ながら其意を尽そうとしたので、翌るを待て御殿に出で、平素の噂、さては昨日の事ども何くれとなく申し上げると、公にも非常に悦ばれ、直ちに近侍の岸本に命を伝えて、吉之助を召し連れるよう其家を訪わしめたのであった。が此の度推選したのは岸本の語った八幡宮の神官稲生某で、助けられたのは娘の秋子であったことは云うまでも無い。

処が吉之助は此んな事を少しも念頭に措いては居らぬ。前に岸本に語った言葉は一見頗る奇言を衒った様であるが、然し彼れの身にとっては何等夫んな意志は無い。人を助けること、凡ての善事を行う事は人間として普通の行いであって、日々米の飯を食すると何等変りの無い事と思うて居った。夫れで鬼啼谷の事も犬の喧嘩を途中で見掛けた程にしか思わなんだかも知れぬ。だから家に帰った処で事々しく吉蔵に話をする筈も無く、又た岸本が余りに賞め讃やす言葉を聞ては反って奇異の思いにうたれんばかりであった。

兎に角此んな風であったので、吉蔵も初めは何事かと驚ろいたが、詳しい話しを聞て漸く胸を撫で下した。否、撫で下したばかりでは無く、和泉公の御前へ御召しと云う事を聞いて非常に悦んだ。西郷家の此の上も無い栄誉と悦んだ。是れは無理も無い話しで、何がさて当時の領主と云えば頗る大なる権勢をもって居った。然も和泉公は其御親縁と云うのであるから、是又決して軽き身分では無く、士分なぞでも軽き者は容易に拝謁することも出来かねる程。然るに吉蔵は当時足軽を勤めて居る。足軽と云えば士分中最も軽き役目で、公に対しては殆んど現今の一兵卒と大将の差以上の懸隔はあったであろう。其軽き身分の家に生れた僅か十五歳の子供を、如何に俊才にした処が態々重き身分の侍臣に仰せられて召されると云うのであるから悦ばれずには居れぬ。俄かに悦び慌てゝ身扮を改め、吉之助を促がして岸本の後に従がおうとすると、吉之助は暫しと止めた。「父上、御前へ御目通りを致しまするは誠に結構かは知れませぬ。然し御目通りをすれば何うなりまする」「エッ」と目をむいた吉蔵、岸本に憚かるよう「コレ何んと云う事を申す。軽き我れ〳〵如き者を態々御召し出しに預かると云うことは家の誉であるぞ」「其儀は承知致してござりまする。なれども一家の誉れの為め一日を費す内に、御国の為め尽くすべき御役目が疎かになりませぬか。父上には仮令御身分薄き御役目とは申せ、御上の御用はござりましょう。夫れを御捨て置きになりまして家の誉れの為めに一日を費すは恐れながらとくと御思案を御願い致しまする」「エッ……」と吉蔵が驚ろけば「ウヽ」と岸本は目を見張る。吉之助は気にも止めぬ様で「殊に今日の事、私しの身より出でたる事のよう伺いまする。私しの事につきまして父上の御役目疎かに致したとござりましては私し御上へ対し、且つは父上へ対し申訳ございませぬ。折角御越下されたる方には失礼でござりまするが、父上には最早御時刻にござりますれば早々御出勤願わしゅう存じまする。私しも今日の勉め、是れより出掛けとう存じますれば」と膠も無く云い放って立ち去ろうとするを岸本は慌てゝ呼び止めた。「ア、コレ〳〵、成程健気なる心掛、上を疎かに致さゞるの状拙者いよ〳〵感服致す。然し其儀なれば心配致さずともよい。役所の表は拙者より宜しく申し伝えるであろう。又た御身も御前の御見出しに預かれば軈ては御国の為め尽くす近道を得られることゝ存ずる」「私しは如何ようとも宜しゅうはござりますれど、父上御役目の御妨げになりませねば」「其儀は確と引き受けたぞ。さア吉蔵、速かに支度さっしゃい」「ヘッ、無作法者、誠に相済みませぬ……吉之助、早く仕度をせい」

かくて公の御館に伴われて、御手厚き言葉を下げられ、更らに公の導きによって薩、日、隅三国の太守、島津斉彬公の御前に拝謁を許され、何かと御下問あって其技量を試され、列座の諸士を驚嘆せしめたのが初めとなって何日しか其威名を近国にまで称えられることゝなった。

◎此方は咎人で御座れば速かに縄を掛けられたい

弱年と雖も其威名は近国に溢れ、君寵は衆に超えた吉之助、今は山嶺を伝うて枯木を蒐めるにも及ばぬ。然し有為の麒麟児は徒らに波瀾無き市井にあって浮華軽佻の徒と交わるを好まなんだ。其竜驤の気を養う為めに利鎌こそ捨てたれ、是れに代えるに一挺の銃を肩にして、余暇さえあれば相変らず西に東に山又谷を猟り、雄大の気に接する傍ら胆を練ることに余念無かったが、其内計らず是れが為めに思わぬ災禍を身に受くることゝなった。事は嘉永元年、吉之助が十六歳の春を迎えた時である。或日例の通り銃を肩にして彼方此方と渉猟って居る内、俄かに山の端から飛び出したのは一疋の大きな野猪。是りゃ好き獲物と直ちに銃をば取り直し、狙いを定めてドッと撃つと、弾丸は首尾よく当ったが惜しくも急処を外したか、手負となった怒猪の勢い凄まじく、忽ち矢の様に飛び来って、二の玉込める間も無く、其足を牙で払って其儘遥かに走せ去った。

是れが為め怒気満身に溢れた吉之助、足の痛みも忘れて一目散と追いかけたが、相手は何分四足を以て勢い猛く逃げ去る野猪、此方は夫れが為め一度転倒せしめられた上、脚部に尠からぬ負傷をすら負うた身で、既に起き上った時には遥か彼方へ走り去ってあった程だから、到底追っ付きそうな筈は無い。見る〳〵行方を失うたから、吉之助の残念此上無かった。逃げたと思う方面を彼方此方と駈け廻った後、遂に枯草に火を放つと、見渡すばかり一面の雑草原は、火は火を招んで瞬く間に猛火となって四方へ燃え移り、見る〳〵数町四方を焼き払うに至ったが、其内以前の野猪は煙に捲かれ、パッと飛び出して来た処を銃台を以て打ち殺し、漸く家へ持ち帰った。

処が其焼いた場所、夫れは昔しからお留山と云うて殺生禁断の山であった。で是れには係りの役人があって絶えず見廻ることゝなって居る。然るに吉之助が焼き払うた当日は折節夫れが無かったので吉之助の為めには僥倖であったけれども役人には大変な騒動が持ち上った。殺生禁断と云えば虫一疋殺すこと出来ぬ筈。夫れが数町四方焼いた為めに虫は愚か兎、狐、狸の類を初め其他の鳥獣が焼け死んだもの夥たゞしいこと。が肝腎の罪人が判らぬ為め、係り役人は何れも青くなった。と云うのは万一何うしても是れが知れぬ場合、軽くて遠島、重ければ切腹しなければならぬことゝなるので、で一方では犯人を厳しく調べて居る傍ら一方では数人の役人青くなって居った。

吉之助にあっては殺生禁断の場所と云う事は気がつかなんだ。然し是れを焼き払うたは決してよく無い事と思わぬでも無い。けれども其場所は樹木と云うて別に無く、只だの雑草原と思うて居ったから別に気にも留めなんだのである。然るに其数日後の事である。役人が何れも是れが為め心を悩まして居ると父の吉蔵からフト聞いた。のみならず其結果役向を疎かにした罪によって数人の者が打ち首或は切腹を申し付かるかも知れぬとまで聞いたので、性来の気性、暫らくも猶予は出来ぬ。其儘フイと飛び出して向うた先は郡奉行の役宅であった。玄関口に立って案内を乞うと出て来たのは下役人。フト見ると藩中でも評判の吉之助が立って居るから「ヨオ是れは吉之助どん。何か御用でもあって来られたか。幸い御奉行様には今日御閑の御様子であるから通らっしゃい」と云うのをニッコと聞いて「今日は遊びに来たのでは無い。少し話しがあるによって白洲へ案内頼む」と云う顔を訝かしげに眺めた役人「御白洲へ……ヘエー、何んな御用事……」「何んでもよい、大変な用事だ。五六人の生命に拘わることであるから早く頼む」「五六人の生命に拘わること……アハヽヽヽ、如何に閑でもそんな誑しは置かっしゃい」「ナニ誑しでも冗戯でも無い。早く頼む」「なぞと言うて置いて後で笑われる心算……」「イヤ〳〵人を嬲ったり冗戯たり致したことの無い吉之助じゃ。少しも早く頼む」「ヘエッ、夫れでは実際……」「オーオ偽りは申さぬ」「ヘエー、では何うか此方へ」と下役人は訝かりながら吉之助を白洲へ案内した。「此処が御白洲で……」「フーム、夫れでは取調べを受ける人間は何処に扣えるのじゃ」「何うも妙な事を御尋ねになりますな。何うしますので……」「何うでもよい、何れじゃ教えてくれ」「ヘエ、夫りゃ解り切った事でございます。御奉行様が先方へ御着座になりまするし、咎人は其処へ座るのです」「ナニ此処へ……此の小石の上へか」「そうです」「フーム、こう云う風にか」と其場へベッタリ座った。下役人は是れを見て眼を丸うして居る。「ハヽヽヽ、是れでよいな。夫れでは奉行を招んで先方へ座るよう伝えてくれ」と云う吉之助の顔をジロ〳〵見廻した役人「是れ吉之助どん置かっしゃい。拙者を嬲るだけなればまだしも、御奉行様まで嬲るようなことをせられては御咎を受けますするぞ」「元より御咎を受けに参ったのじゃ。早く招んでくれ」と云う言葉に下役人はいよ〳〵訝かしがって其顔を見つめたが「何うも気の毒なものじゃ、吉之助どんも乱心せられたか。定めて吉蔵どんは気を落すじゃろ」と独言を洩した後、「解った〳〵、早く帰らっしゃれ拙者は奉行役じゃ。御身の罪は許してやる」と吉之助に向って慰すように云う。多分発狂したものと思うたらしい。

此の言葉に吉之助は笑うた。笑うた後スックと立って訊問所の椽側へツカ〳〵と進み「郡奉行橋本作之進殿へ申す。只今重大なる事件によって西郷吉之助自訴仕った。至急出座を待ち申す」と大声揚げて吐鳴ったから下役人は驚いた。「ドッ、何うしたんだ。是れッ吉之助どん、是れッ」と止めようとする、が吉之助は一向平気なものだった。「御身等の知ったことでは無い。黙らっしゃい」と尚も奉行を呼んで居る。

郡奉行橋本作之進は前刻来居間に籠って茶を飲んで居ったが、白洲に当って何か騒々しき様子に何事だろうと立ち出でゝ見ると此の体で、吉之助は事有り気に真顔になって突っ立って居る。「オヽ御身は西郷吉之助ではないか。何うした」

吉之助は奉行の言葉を聞いて俄かに白洲の真ん中に座った。「西郷吉之助今日より罪人でございます。何うか然るべく御処分を御願い致しまする」と云う声に奉行は驚いた。側に居った下役人も云う迄も無い。が余りの事に堪えかねたか「申し上げまする。前刻来吉之助どんの様子が何うも訝しゅうございますが多分日常勉強が過ぎます為めに乱心致したものと察しまする」と云うのを遮って吉之助は「西郷吉之助は是れでも武士でござる。如何に勉学の過ぎたりとも決して乱心致すものではござらん。殊に咎人と申す事は仮りにも清浄なるものゝ口に致すべきものではござるまい。是を武士たる者が自ら申す上は露聊かも間違はござらんにより速かに御縄を掛けられたい」

逃れんとする咎人を引っ捕えて縄かけるは普通の事。夫れを咎人と自ら名乗って速やかに縄を掛けよと云われては奉行も遉がに手を下し兼ねる。暫らくは呆れて立って居ったが、軈て訝かし気に「咎人とあれば身分の高下に拘らず元より縄を掛ける。なれども何んの咎を犯された、夫れを言わっしゃい」と云うを皆まで聞かず「其儀に就ては元より申す筈にて参った。余の儀でもござらぬ、過般松山の雑草原焼失の儀に関し申し上げる。承まわるに彼れは殺生禁断の場所とやら。然も其犯人未だに相知れぬ為め、係り役人は何れも重き御咎を蒙らねばならぬとの事。誠に気の毒に存じ斯く自訴仕った次第。実は……」と猪狩当時の顚末を落も無く語って「元より獲物の為めに気を取られ、殺生禁断の地とは夢にも存ぜざりしも、然し犯したのは此の吉之助でござれば然るべく御処分之れ有りたい」とキッパリ云う言葉に奉行も最早疑う処が無いから取り敢えず縄をうって牢屋に下げ、いろ〳〵詮議の末、遂に大島へ三ケ年遠島の刑に処せられた。

◎ズドンと響いた鉄砲の目覚し

吉之助の罪、元より国法を犯したのであるから是れを不問に措くことは出来ぬが、太守に於ても兼ねて其人材を三ケ年の長日月荒磯島に打ち捨て置くことは忍ばれなんだ。で何日か機会があらば赦免の沙汰を下そうと待ち構えて居られたが、仮りにも遠島の罪人、直ちに呼び迎えることは家人の手前出来かねる。為めに窃かに心を悩まされて居る折柄、何日しか月日も経ち、早くも翌嘉永の二年を迎え、花も過ぎて人は故郷の空を偲ばしむる月の頃となった。処が太守には兼ねて歌道に心を傾けられて居る。従って花の朝、月の夕には御親縁の和泉公を召され、興に乗じて筆を執られる事は屢々あった。で或月の夜のことである。俄かに和泉公を召され、互いに此の道の話を交され、二首三首と打ち興ぜられて居る折柄、話は端なく吉之助の事に及んだ。「何うも彼れ程の者は多き家中の内にも認めませぬが、何んとか特別の御沙汰を以て御許しになる訳には参りませぬか。誠に惜しく思われるが」と和泉公が言えば「されば予に於ても機会があれば一時も早く呼び寄せたいとは思わぬでも無いが、何分家人の手前、無意味に許すことは成り兼ねるによって喃」とは太守の御言葉、公は「併し」と言葉を切って「彼れの心に於ては大人を凌ぐ気量を持っては居るが何分にも未だ元服も済まぬ小供でござれば、其点何んとか酌量は成りますまいか」と云うについて太守はさも残念そうに「されば、大人ならば一生許すことはならぬのであれど、小供と云う事から特に三ケ年と致させたのであるから今更ら是れを何うする事も出来まい」「御尤もの御言葉、就きましては伺いますが彼れを遠島に成されたのは懲戒の御目的でござりまするか、又た刑罰としての御処分でございまするか」「フーム、先ず此後を戒める為めの懲戒であるの」「懲戒でござりますれば最早御許しに相成りましても差支えござりますまい。既に最初から自ら悪しきを知って自訴致しましたる程でござりますれば内心既に充分の悔悟は致してございましょう。殊に日頃朴訥の彼れにござりますれば」「フム、如何にもそうであるな」「又た彼れの御赦免を下されましたる処で悦ぶ者は多くござりましょうとも、怨む者は一人もございませぬ。又た万一国法が紊れるとの御懸念がござります様なれば、国内の大島へ御流しになるよりも江戸表へ御流しになれば宜しかろうと思われまする。大島でござりますれば御赦免後帰国致したる処が何等の御役に立ちませぬが、彼れ程の才と胆力を以て、江戸表へ御流しになれば軈ては御国の為め充分の尽くす処はございましょう」「フヽム、成程江戸表へ流刑を申し付けるか、夫れはよい処へ気がつかれた。然らば直ちに大島の流刑を赦免し、改めて江戸表へ遠島致さすことにしよう」

此の話しあって二月経たぬ内に遠島赦免の沙汰があって、それから間も無く吉之助は再び故郷の土をふんだ。踏んで和泉公の厚き情けを聞き、悦こんで御礼旁御殿へ伺候すると、公には江戸に趣いて当時の名家に就き充分勉めるよう、又た其先は公の御名前を以て紹介してやろう。旅費万端は悉く引き受けてやろうと云う厚き言葉に、さらでも江戸に遊学を望んで居った吉之助、是れを聞いて思わず感涙に咽んで只ならぬ情を謝した。

和泉公の深き情によって翌年の二月、即ち十八歳の春、太守を初め家中の誰れ彼れから心をこめた餞別を受け、如何に強胆とは云え五百里の長程を只だ一人、笈を負うてはるぐ〵江戸に向うた。途中別に記す事は無い。数十日の後無事に都門の人となり、公の情によって頼ったのは藤田東湖先生の門であった。先生は当時の碩儒で其名は汎く天下の学に志す者は悉く知る処。だが新来の客に接するを好まれなんだ。多くは取次の者に命じて不在と云わしめた。が吉之助は未だ此の事を知らぬ。訪ぬれば直ちに悦んで其門下に従くを得べきものと思うて居った。のみならず不屈不撓の意志は成るべく人の情に寄るを好まなんだ。出来得る限り自己の独力を以て事に当ろうと云う気は常に腹の内に充ちて居った。で今しも漸く辿りついた先生の門で公の名によって書かれた手紙を出せば訳は無かったのであろう。けれども其性質は夫れを許さなんだ。已を得ぬ限り自力を以て押し通そうとしたのである。で先生の門に立て案内を乞い、取次の書生が出て来たのに向って、「拙者は鹿児島の藩士、西郷吉之助と申す者。先生の御高名を承まわって態々国許より罷り出ました。何うか此儀宜しく御取次ぎ願いとう存じまする」と言うと、書生は其風体をジロ〳〵眺めて居ったが、さも冷やかに「夫れは〳〵よく来られた。併し折角ながら先生には只今御不在でござれば改めて御越しがよかろう」と云い捨てゝ其場を立ち去ろうとする。夫れを吉之助は慌てゝ呼びとめた。「御不在とあらば已を得ませぬ。夫れでは何時頃御帰りでござろうな」「其儀は申し兼ねる。今日御帰りに相成るやら或は一ケ月後、一ケ年後になるやら、又た終生……」「待たっしゃい。先生の御邸へ先生が終生御帰りにならざる筈はござるまい。何んとせられる」「イヤ〳〵、仮令御在宅であろうとも風来の御身如きに御面会はせられぬ。早く帰らっしゃい」「ナニッ、風来の者には御面会になられませぬか。フーム、では先生御存じの何れ方よりか添書があらば何んとする」「ハヽヽヽさよう、添書によって御不在中の先生が御在宅になられぬとも限らぬ」「エヽッ、では只今も御在宅で……」「先ず其添書があらば持って来さっしゃい。品によれば御在宅になられぬとも限られぬから。併し只の添書では駄目でござるぞ、尠くとも先生の御高弟、或は相当知名の方々で無くば。御身の様な方々を一々取次いで居っては際限ござらぬによってな」

「フヽム」

其口の裏見え透いたる書生の口上、ウヌ面悪しさらば公の添書を目の前に差し出そうかと思うたが、イヤ〳〵夫れでは本意に反くも残念。ヨシ此上は彼れ屈するか我れ兜を脱ぐか都門に於ける学びの門出、意地からなりと通して見んと思い定めた吉之助「ホヽウ、さては先生御不在の趣旨も相判り申した。併し拙者も唯だ先生を敬慕の余り五百里の長程を態々尋ね参ったるもの。今更ら御不在と聞て其儘帰国も致されねば仮令一年二年は愚か兎に角御帰宅まで此の処を拝借致して御待ち申す」と敷台に腰打ち掛けた不敵の様に書生は驚いた。「コレ〳〵左様な事を致されては若し先生御帰りになれば申し訳ござらぬ」「ナニ、先生御帰りになれば申し訳無い……ハヽヽヽヽまア宜しい。其申し訳は拙者が仕る。何分長の道中少々疲労も致したれば、取り敢えず御免を蒙る」と云い様、コロリと横になって、其儘後は鼾の声のみ高かった。

此体に書生の驚きは一通りでは無い。再三起そうとしたが、動れば動る程、鼾が高いのみなので、遂に持て余して先生へ其旨を申し入れた。無論先生は在宅ではあったのだが、近頃其高名を聞き伝えて師事を申し入れる者尠からぬ為め、其煩累に絶えかねて特に知人の添書持参せるものゝ外、一切面会を避ける手段として取次ぎの書生に向い、初対面の来訪者へは悉く不在の趣きを伝えるよう命じてあったのである。併し今吉之助の様が余りに不遜なので書生も遂に先生へ其処置を乞いに行ったのだった。「ドーも先生大変な奴が参りました」と云う声に、今書見中だった東湖先生、徐ろに書生の顔を見ながら「なアに大変な奴……大変とは容易ならぬ事だ如何なるものが参った。大砲の五六門も一人で引っ張って来たか、但しは紡績の煙突でもパイプと致して啣えて参ったか」「イヤ決して左様の者ではございませぬ。煙突なぞは外国の御話しに伺ごうて居るばかりで日本にはございませぬ」「フーム、夫れでは定めて抜刀でもって此の東湖の首でも所望致しに参ったのであろう。何うだ違うか」「メッ、滅相も無い。決して左様な事を申し出でたのではございません」「ナニ違う……夫れ以外に大変と申す事が無い筈だが如何致した。申して見よ」「ハッ、只今鹿児島の者とやら申して筋骨逞ましげの少年が参りましたので……」「フム、其者が此方の首を申し受けたいと申して参ったか」「イエ、先生の御高名を伺うて参ったと申しまして……」「鹿児島の少年が此方の高名を伺うたから参った……夫れが何んで大変だ。何故不在だと申して追い帰さぬ」「元より左様に申しましたのでございますが、御不在なれば一月二月は愚か五年十年でも御帰りを待つと申して私しが止めるのを待ちませず御玄関へ上って其儘高鼾で寝て仕舞いましたのでございますが如何計らいましょう」「して何うした」「ヘエ、其儘寝て仕舞いましたので」「フム、寝たのは判って居るが大変とは何んだ」「ヘエ……」「ヘエでは無い。其方が今申した大変とは何が大変だ」「ヘエ、何分其……御玄関へ寝て仕舞いましたので……」「すれば何か、其玄関へ寝たから大変だと申すのか」「ヘエ……まア大変で……」「馬鹿ッ……寝たゞけで大変だとすれば起きて飛び込んで来れば何うする」「ヘエ、何んとも申し訳がございません」「コリャ〳〵別段詫るには及ばぬでは無いか。ハ、、、、左様な心を以て此方の玄関番が出来るか……併し其少年とやらは如何様の風体を致しておる」「ヘエ、両刀を手挟みまして、旅装束のまゝで、察する処相当なる武家の子弟の様に伺われまする」「フヽーム、面白い奴じゃの。捨ておけ、此方一応見てつかわす」

ニッコと笑んだ藤田先生には其儘立ってツカ〱と玄関へ出られると、書生の伝えた通り一人の少年が大胆にも敷台の上へ大の字となって高鼾に寝ておる。「フヽム、面白い奴じゃ。是りゃ山田、予の居間へ参って鉄砲を持ち参れ」と云うと、玄関番の書生「先生、鉄砲でござりますか。何うなさいまする」と呆れながら問う。「如何ように致すともよい。早く持ち参れ」「ヘッ」

訝かりながら軈て一挺の鉄砲と火薬袋を持って来たのを受け取った先生、流石に弾丸は込めぬが火薬をウンとつめた。夫れを吉之助の耳から遠らん処に銃身を置いて、火縄を添え、呼吸を計ってズドンと一発放つと、今まで先生の後に扣えて居った書生の山田は、撃たぬ先から両耳に指を指し込んで恐わ〲見て居ったが、ズドンと云う拍子に銃口からサッと迸しった火光を見て尻居にドンと倒れたに引き換え、高鼾で寝て居った吉之助、頭の上に蠅でもとまった様な体でユルリと目開けた。目を開けて起き直り、両手で擦りながら四方を見廻わし、漸く先生の姿が目についたらしい。無論先生とは推して居ったのであろう。だが殊更ら夫れらしい気ぶりにも見せぬ、カラ〱と笑った後「さても調法な目覚まし道具、軈て是れを以て大名達の目を覚すこともござろう。ハッ〱〱〱、併し御見受け申す処、貴君には御当家の御家人とも見受けず、又た他家の方とも察せられませぬが、切角眠りを御覚し下された御序に何うか御氏名を御申し聞け願いまする。斯く申す私しは鹿児島の藩士西郷吉之助と申す者」「いよ〱面白い。身は其方が尋ねる藤田寅之助である。其方の望みも概ね判った。先ず通れ、其上で話しを聞こう。聞いて身の心に適えば許し、若し適わねば其儘断るによって其旨承知致せ」「ハヽッ元より意の合いませぬ際は私しとても快よくございません。仮令御止めになろうとも直ちに去りまする。畢竟兼て御人体を見るの力足りませぬ結果なれば」「ハッ〱〱面白い、兎もあれ通れ」

◎自分の歳は確と判りかねる

案内によって先生の居間へ通った吉之助、先生に対って座を占め、恭々しく一礼すると先生は口を開いた。「御身は何歳に相成る」「当年慥か十八歳と申すことでございます」「何んと云う……」「確とは申し上げ兼ねますなれど、父母より承わりますには慥か十八歳と申すことでございまする」「ナニ、慥か十八歳……御身自身の年を確と存ぜんか」「仰の通り申し上げ兼ねまする」「黙れッ、白痴乱心者なれば兎に角、普通の者と生れて自身の年齢を存ぜぬものがあるか」「ハッ、是れは異なる仰を承まわりまする。孔子も三歳にして書を読む能わずと聞き及びまする。況して凡人の物心付きまする迄は書は愚か言葉も充分に通じかねまする筈。さすれば母の胎内より出でましたる日時、元より知るべき筈はございますまい。たゞ父母より聞き及んで初めて知るは誰れしも同じ事と存じまする。初めより自分は確と認めましたる訳ではございませぬ。然るに此の聞き伝えましたる事を以て、目上の方へ申し上げますに確と相違なしとは断言致し兼ねますにより、其伝えられましたる通りを申し上げますだけにございまする」「ハッくくく、是れも一理じゃ。次ぎに御身は学術武芸共何れの程度まで致された」「左様でございまする。私しは只だ一通りの人間でございますれば、当年十八歳と聞き及びまする年齢相当の事だけは修めましてございまする」「フム、然らば数学も夫れ程の事が出来るか」「ハッ、年齢相応の事だけは出来まする」「ヨシ、夫れでは此方一問を出して見る。直ちに致して見せえ」「畏こまりました」「コレ〳〵山田、算盤を是れへ持て」

声に応じて書生は一挺の算盤を持て来て、其儘立ち去ろうとするのを呼び止めた。「待て〳〵、今此の人が予の問題に対して致される計算を其方も見ておくがよかろう」と云う言葉に書生も其場に列なった。軈て先生には算盤を吉之助に渡し、問題を考えておるか暫らく思案をして居ると、吉之助は勿論、書生の山田まで如何なる難問題が出るかと片唾を飲んで扣えて居る。

軈て先生の目がキッと動くと、吉之助は耳を立てゝ桁をシッカと見つめた。「では西郷とやら、此の問題を確と致して見よ」「ハヽッ」「先ず百と云う数字だ。此の数字を二ツに割れば如何程になる。是れだけ致せば他に問題を出さぬぞ」「ハヽッ」

先程から如何なる難問題が先生の口から出て、夫れを吉之助が何う云う風に計算するかと、耳をすまし、目をそばだてゝ居った山田、今の先生の問題に思わずプッと吹き出して吉之助の顔を見る。併し吉之助は少しも夫れに眼を移なんだ。左方には二個の珠を上げて二として、右方には一個を上げて百とし、徐ろに二一天作五と九々を唱えて一を払い、五珠を下して先生を見た。「ハヽッ出来ましてございます」「フヽ如何程となった」「ハッ、五十にございまする」「オヽ好く出来た。見事に出来た。其算術を見て他の学芸も察しられる。天晴であるぞ」「恐れ入りまする」

先生は賞める程山田は益々馬鹿らし気の面地で、遂には可笑しさを堪えかねたか其まゝ次ぎの間に身を逃れんとする様に先生は不興の面地を以て是れを呼んだ。「山田、何処へ行く。其方何が可笑しい」「プッ、ハッハヽヽヽ、先生、左程の算法でございますれば誰れでも致しまする。別に態々算盤を持ちませずとも……」「馬鹿ッ、其方左様の精神を以て居る為めに何日までも玄関番を致して居るのじゃ。凡て何事を修業致するも易きを見て侮り強きを見て挫けるようでは到底仕遂げるものでは無いぞ。成程百の数を二分致す事は誰れでも知って居れば、手先きは愚か少しの頭も痛めることは無い。夫れを殊更ら算盤を持ち九々を唱える此の御人の心中は何うだ判ったか」「ヘーン」「馬鹿ッ、彼方へ行けッ」「ハッ」

書生を一言の下に叱り付けて去らしめた後、改まって吉之助に向うた。「御身の性質も略ぼ察することが出来た。なれども左程迄執心に此方へ師事致したいとの望み、頓と合点ならぬ。定めて経伝史書の類を伝えよとの事であろうが鹿児島には是れが師となるもの有るべき筈。何を苦しんで態々長途を東上致した。が是れも深くは尋ねまい。が第一に不審と致すは此の広き御府内に儒者もあれば学者も多くある、然るに夫れに頼らず此方の門前に玄関払いまで致されようとして尚且つ去らぬは何故である。先ず其訳を申して見よ」「一応御尤もなる仰せ。元より儒道学術を学ぶだけなれば国表にも文に通じ詩に熟したる学者は乏しゅうはございません。なれども私しの望みまする処は外にございまする。此事恐らく我国におきましては先ず先生以外他に御願い致すべき方はございませんとは私しだけの意見ではございませず、国表に居られまする島津和泉公もかね〴〵申されて居りますれば」「ナニ、和泉殿も……フヽム、して夫れは何事である。此方は儒道以外他に是れと申して弁えたるものは無いが」「恐れ入りまする。私しの御願い致したきは国家百年の大計を御教導願いとう存じまする」「国家百年の大計……ホヽウ御身は何歳とか申したの」「ハッ、十八歳にござりまする。尤も斯の如き儀は年の長幼には拘わりませず、且つは老年に及んで俄かに学び居るものではござりませねば」「ウーム」

吉之助の年に似気無き希望に遉がの先生も暫らく顔を見つめて居られたが、軈て「御身前刻来の申す事悉く気に適った。如何にも此方の知ったことだけは教え遣わす。当分邸に居れ」「ハヽッ、有り難う存じまする。就きましては最早用無きものにはございますなれど、一応是れを御覧頂きとう存じまする」と懐中から差出したのは和泉公が家来に書かしめた一通の添書、先生には披いて見られたが「御身斯程のものを持参されて居るなれば何故最初に是れを出さぬ」「元より左様に存じましたなれども、他人の力を借りてまで先生に御厄介と相成りますは聊か心に許さぬ処がございましたれば、其儘懐中致しました」「フム、然らば若し此方が許さぬ時は何んと致す考えであった」「誠心を以て御願い致せば御許しの無き筈はござらぬと確心致してございまする。若し夫れにても御許し下さらぬようなれば名程にも無き似而学者と存じました」「ハッ〳〵〳〵、面白い」

口をついて出ずる句々悉く凡庸ならざるに、東湖先生大に是れを奇とし遂に門下に加えて薫陶怠りなかったのであるが、数ケ月の後、故国藩主の用をうけて余暇を得ることが難き場合となった為め、当時蘭学の師として名のあった勝麟太郎と云うのに介して更らに斯学を勉めしめた。

◎吉之助の本願は何

勝氏の門に入った吉之助、不撓不屈の気を以て夫れに志して居ることは変りが無い。其内に何日しか其年も暮れ、翌くれば嘉永四年の春、勝氏には将軍家の御師範役を命ぜられる事となって、是れも業半に罷めねばならぬことゝなった。のみならず昨今世間の状態漸く穏やかならぬ風説を加え、黒船来襲の噂をさえ耳にするようになって、是れが為め勤王の心は屢々故郷の同士の身に通うことがある。是れ等の感慨交々胸に充ちて居る折柄、郷里の和泉公から既に遠島の期充ちたるを以て帰国すべきよう内意を致された。

さらでも昨今の風雲に故郷の空懐かしい吉之助は、公の通知によって俄かに旅装を整え、江戸を後にしたのは、道中の花も互いに麗わしき装いを競う、弥生の下旬であった。五百里の陸路海路、時には沿道の花陰に憩うた事もある。又た紺碧と流す瀬戸内海の上、未識の志士と偶然に会合して、尽きざる論談に時ならぬ波瀾を起したこともある。かくして数十日の後漸く故郷の土を踏んだ。久々で故郷へ帰ると家族親族の悦びは云う迄も無いが、和泉公には特に御待ち兼ねであった。のみならず一般家中の若侍いに伍して後れざらんことに努められた。吉之助は僅か足軽の嫡男、足軽は士分とは云え士分中の末輩である。普通ならば重臣は元より一般家臣と席を同じゅうする事すら出来ぬ身分、従って其子弟に於ても非常に階級を論じられたものである。然るに如何に公の意志から出たとは云え末輩の身分たる吉之助を一同若侍いに伍せしめるのみか、尚も推重しようとするのであるから快よく思わぬものが多くあった。中には血気に任して充分に打ち懲し、或は一刀の下に斬り捨てようとしたものもあれば又、和泉公の御前に於て言論に事を托し充分に恥辱を与えようとしたものもあった。が武を以て向うたものは反って彼れが為めに組み伏せられて将来の戒めを受け言論で屈伏せしめようとしたものは自ら屈伏せしめられると云う有様で、是れがある為め其声望は益々昇る計りで、遂に若侍いのみか、家中の諸士にすら畏服せられるようになり、太守ですら信頼の気を芽すまでとなった。

此んな風で吉之助の威望自から揚って誰れ彼れと求めずして誼を乞う者漸く多きを加えたが、其内語るに足る者、志を同じゅうする者等を選んで互いに事を盟い時を待って居る内、世は移り、時は変って嘉永六年の六月となった。

此月のことである。さらでも人心穏やかならぬ折柄、殊更ら容易ならぬ事が諸国に伝えられた。外でも無い、其三日の日、相州浦賀の海岸へ亜米利加の使節としてペルリ提督が来泊し、通商貿易を我が国に申し入れたことで、当時の幕府では是れが処置に頗る心を悩ました結果、荏苒日を送って居る内、使節は日ならず其返答を求める為め来ると厳そかに言い残して立ち去ったが、其後は益々騒ぎ立った。若し其請を容れねば何れは戦端を開かねばなるまい。さて其場合敵には有利な軍艦があり、完全な大砲があり、其他の戦争道具は何れも揃うて居るに引き代え、我が国では僅かに剣を持て戦うの外、是れに当る武器が無い。さすれば無論彼れに敵すべき道理のないは明かな話。と云うて今此処で是れを許せば祖国伝来の地を彼れ等の蹂躙に任すは是又千載の怨ではあるけれども、戦に敗れても何れは蹂躙されるのみかは其上如何なる難題を以て国土をまで掠奪せられぬとも限らぬ仕儀、此上は大なる禍いを捨てゝ小禍を執るは利であろうと、幕府は擅に意見をたてた為め、諸藩中勤王の士は其専横を怒って俄かに沸いた。是れが為め諸藩の家臣は勤王佐幕の二派に別れ、勤王の士は都に集まって幕府の非を鳴らし、佐幕の士は是れに対して将軍家の為めに尽そうと犇めいて、其局国内に於て今にも此の両派戦端を開こうとする有様。従って勤王の士は都を根拠にして各地に同志を語らえば、佐幕の方では処々に隠密間諜を派して此の様子を窺い、少しでも是れを口にするものがあったならば幕府の権威を笠に忽ち取り押えて厳刑に処する処から、不平の声は議論となり、議論は軈て熱狂して勤王に組するもの愈よ多くなって、殺気は天に充ち、三百年来太平に酔うた民は俄かに逃げ場を探り、何れも安き心が無かった。

　此時鹿児島にあって此の事を聞いた吉之助、かねて幕府の専横を悪み、王家の為めに尽くそうと計画で居った処へ、今又此の重大な事件を将軍家一個の計いで定めた越権の処置を耳にしては最早少しも猶予する筈が無い。厭までも勤王の旗を樹てゝ王政の復古を謀ろうと、同藩中同志の若侍いと議する処があった末、共に袂を連ねて先ず京都に趣むいた。当時の京都は王都であるとは云え、其大権は江戸の幕府が握って居った為め、誠に恐れ多い仕儀で、心の有る者は何れも将軍家の専横を悪まざるもの無い程の荒れよう。従って堂上方の三条、岩倉、錦小路、等の諸卿を初め其他の方々は何れも大義を説き攘夷を唱え諸藩の志士を招いて窃かに国事を謀られて居る折柄なので、吉之助は先ず錦小路頼徳卿を頼ったのである。

卿は多くの公卿方の内最も其心の厚かった人で、国事を憂うる志士は当時卿の門に出入せぬもの無い程。吉之助も此の卿を頼って以来、他藩の同志の人々と漸く交りを結ぶ事を得た。彼の清水寺の住職僧月照と相識るを得たのも此際の事である。此時月照の年漸く四十を越えたに過ぎなんだが諸事の造詣深く、凡ならざる才あるのみか、夙に勤王の志ざし厚かったので、吉之助の丈夫なるを早くも見て其抱負を説けば、吉之助は又月照の卓識を耳にして深く畏敬すると云う有様に互いに十年の知己を得たかのよう、往復をしては慷慨の話しに余念無かった。

京都に在っての吉之助は此んな風で、多くの志士と共に往復するに余日も無い程であったが、其内に多大な障害を与えるものがあった。外でもない、其機に至らぬに先だって幕府には既に多くの隠密探索を八方に出し、同志の会合すら容易に得せしめぬまで厳重に取調を初めたことである。のみならず一方各親藩を煽てゝ佐幕の声を大きくならしめた。勤王の士を圧する為め殊更ら幕府の威権を見せようとしたのである。大義を唱える者、其意気は猛烈であったとは云え、準備は全く整うて居らぬ。夫ればかりか、其人数に於ては佐幕の夫れに比べては余りに懸隔があった。天を衝く意気はあっても見す〳〵無謀の挙をする愚を学ぶべき筈は無い。都に集まった志士は是れが為め再び会する事を約して何れも故郷に引き取ることゝなった。

◎其方は強力で武道に達して忠義な奴だ

時機ならず、腕を扼して郷里に帰った吉之助、日々遠近の山を猟して僅かに鬱憤の気を抑えて居った。

処が幕府の方では勤王の士を物色する事が日々に厳しくなったのみか、特に或者の如きは其目を吉之助の一身に注いだ。が未だ是れを罪にする手段は無いから其起居動作の上に充分の探索を行おうと計った。無論是れは最も秘密の内に行おうと云う趣旨にあることは云うまでも無い。既に太守斉彬公を初め、親縁の和泉公、降って家中の大部分は何れも勤王の志し厚いのであるから公然太守に対しては其旨を明かす事は出来ぬ、のみならず薩摩の地は古来厳重な国法があって猥りに他国の者を入れることを許さぬので事を行うのに甚だ苦るしんだが、遂に藩士の内、幕府三百年の恩誼に感じて居る中原作之進と云う者を見出し、是れに過大の恩賞を与えると云う約束の下に命を伝えた。此の命を受けた作之進、幕府の為め、且つは恩賞の為め尽くそうとする心のあったは勿論、夫れ以外吉之助が僅か一足軽の家から出て今や家中の諸士から非常に尊重されて居るのを見、窃かに快よく思うて居らぬ処なので、此の命を幸いとし、其動作を探ぐるのみか尚一歩を進めて討ち果そうと考えた。が何分相手は武道に於ても抜群の勇士。殊に身辺の警戒油断なき様子に只管機会を待って居る折柄、此に鹿児島の城下に無頼者の弁蔵と云う者がある。町人であるから武道に於ては充分の素養は無いが、性来の暴力を以て常に市井を荒す徒者、利を以て喰わしめたならば事の善悪を問わず時には死力を尽くしてまで其命に従うと云う事を聞た。待つ機会は容易に得られず、其策に窮した作之進、今は是によって果そうと考えたから、或日家来の者に命じて是れを招ばしめた。

日頃善からぬ事をして居る弁蔵、事情を知らぬから、突然作之進の招きによって遉がに驚ろいた。兎に角中原と云えば藩士中でも相当の身分、普通ならば町人を招くなぞとは滅多に無い筈。殊に自分は人々に忌み嫌われて居る無頼漢。心が曲って居っても自分の悪いことは知って居る。夫れを知って居るだけ尚更ら藩士の家に呼ばれるのは心持ちよくは無い。流石不敵の彼れも躊躇した。「己いらに来いって全体何んの用だい。そいつを聞かん内は行けねえ」「別に何んの御用かは拙者も存ぜんが、兎に角其方を至急招んで参れとの仰だ。さ、拙者と一所に早く来さっしゃい」と使にたった家来は其用件を知らぬから無理からでも引ッ張って行こうとする。弱い者には無茶と知りつゝ押し通す弁蔵も相手は侍いときては頗る心がよわい。然も夫れが強ってもと云う権幕を見ては尚さら心が進みかねる。「ナ、何も己いら中原の殿様に引ッ張って行かれる覚えが無い」「其方に覚えは無くとも、此方に御用がある。若し強って参らんと申すなれば、刀の手前首だけでも持って参るがよいか」「ま、まア待ってくれ。そんな無茶をしられては生命は無いわい」「夫れでは参るか何うじゃ」「何うも仕方が無い。併し一体何んの用だい。真逆御邸へ行くと其儘チョンと打ち切られるようなことはあるまいな」「左様な事は此方存ぜん。兎に角参れ。夫れとも愈よ参らんとあれば已を得ん、首だけなりとも持て参る」「マ、待ってくれ。そいつが禁物だ。仕方が無い……が悪い事があれば誤まるからチョンだけは御免だぜ」「其儀は其方から直ぐに願え。拙者は存ぜん……さア参るなれば早く参れ」「ヘエ……参りますがお前さん先へ行ってください。後からチョンとやられてはたまらぬ」「イヤ〳〵万一途中で逃げ出すような事があっては相成らぬ。其方先へ参れ。逃げるような事があれば容赦は致さぬぞ。さ、早く行かんか」「ヘエ……参ります〳〵」と慄いながら弁蔵の行く後から、中原の家来は罪人でも捕まえた様に油断なく追っ立てゝ行く内、程なく門前へついた。「さ、這入れ」「ヘエ……」「何故這入らん」「ヘエ〳〵這入ります……が何卒チョンだけは……」「愚図〳〵申すな」と玄関脇から庭先きへ追い込んだ。其上相変らず目も放さず付いて居る傍ら同役の者から其旨作之進へ伝えしめる、と弁蔵は顔色さえ変えて逃げ出す隙もあろうかと頻りに四方を眺めて居った。

処へ椽の障子をサット開いて現われた作之進「コリャ〳〵、弁蔵とは其方か」と云う声に益々驚ろいた弁蔵「ヘエッ……ドッ、何うぞ生命だけは……」「ハッ〳〵〳〵、まアよい、其所では話しも出来ぬによって此方へ上がれ」「ヘエ……」「遠慮致すに及ばぬ。許す。是れへ上がれ」「なんのかんのてチョンと来ますかな」「是りゃ何を申して居る」と云う側から家来も口を出した。「是りゃ殿様の仰を何故聞かぬか。愚図〳〵致さば是れだぞ」と刀の鍔を鳴すので今は絶体絶命の弁蔵「アヽ上ります〳〵、チョッ〳〵一寸待って……」と恐る〳〵履物を脱いで座敷に上ると待ち構えた作之進「アヽ是れ、其処に敷物があるから取って敷け」「ヘエ……」「苦しゅう無い。敷けと申すに敷かぬか」「ヘエ……ですが殿様、生命ばかりは何うぞ御助けを……別に殿様に対して不都合致しました覚えはございませねば」「是りゃ、其方は前刻来何を申して居る。其方如き者の生命を取って何んになる」「ヘーッ、夫れでは……」「オヽ決して心配致すに及ばぬぞ。実は聊か相談致したき事があって招いたのである」「ヘエー、私しに……」「フム、余の儀では無い。聞き及ぶに其方は町人でこそあれ強力で、武道に達者で、其上御上へ対して中々忠義な心を持って居るそうであるの」「ヘヽヽヽ、御冗談は恐れ入ります」「イヤ〱、冗談では無い確と聞き及んだぞ」「何うも恐れ入ります。そりゃケチな野郎ですが御上へ忠義を尽くすことゝ、自慢ではございませんが、少々腕ッ節には力のあることは兼ねて自分ながら感心致して居る程で……ヘイ、是れだけは普通の奴には負けぬ筈でございます」「ホヽウ、そりゃ天ッ晴だ。感心致した。就ては夫れを見込んで物も相談であるが、一ツ此方の申す事を聞てはくれまいか。尤も是れは御上の御用になることであるが」「ドッ、何んな御用で……」「左程驚くには及ばぬ。尤も其方が是れを聞き入れるようなれば只今五十両を遣わし仕遂た上で更らに五十両の外侍いに取り立てゝ遣わすが何うじゃ」

初めは油をかけて其上利を以て誘わんとする作之進の腹。併し弁蔵は余りに話しが旨過ぎるので聊か二の足を踏んだ。「エッ、今五十両で、後で五十両、其上に侍いになれるッて……、旦那、まア廃しまさ。余り話しが旨すぎますから……」「イヤ〱其方にすれば別に六ケ敷事は無いぞ。殊に男を見込んで頼むのじゃ。夫れ此通り此処に五十両ある。承諾致さば直ちに遣わすが何うじゃ。夫れでも厭か」と手文庫の中から五十両の金子を摑み出して見せられては弁蔵もほしくてたまらぬ。が夫れだけ仕事の上に於て気に掛らぬでも無い。「ヘッ、ですが全体何んな事をするので」「フム、外でも無い。実は此の御城下に謀逆人があるのじゃ」「エッ、謀逆人……」「如何にも、で夫れを其方の力で討って貰いたい」「ヘーッ、夫んな奴がございますれば、御上の手で討つことが出来ませんか」「尤も其事が表向きに表われて居るのなれば御上の方から処分を致すのであるが、まだ其処まで及ばんのじゃ。併し今の内に倒せば家中も無事に治まり大事にもならぬによって、御上へ尽くす忠義の一ツと思うて此方が胸を痛めて居るのであるがの」「ヘーン」「何うじゃ殺ってくれるか」「ヘッ、そりゃ夫れだけの御褒美が頂戴出来ますれば随分殺らんにも限りませんが……併し相手は何奴で……」「されば、其方も存じて居るであろう。家中の西郷吉之助じゃ」「ヘーッ、あの西郷でございますか……是りゃ御断わり致します」「ナニッ」「何れほど御褒美を頂戴しても到底及びません」「扣えッ」「ヘエッ」「口外せぬ内なれば兎に角、一旦申した上は今更ら嫌だと申して下ることは許さぬぞ。其方が承諾致さぬ上は止を得ん。此の処に於て生命を申し受ける」「ヘエッ、マヽヽ、チョッ、一寸御待ちを……」「何うじゃ夫れでは聞くか」「ヘエ……」「聞かぬとあれば已を得ぬ……」「ダッ、旦那、そりゃ御無理でさ。私は腕があると云うた処で高が町人、夫れに相手は御家中でも評判の腕利ですもの。テンで相撲にならぬのは判り切って居りますから、ケッ、決して嫌と云うのではございませんが、何分見すく……」「ハヽヽヽ、それで嫌と申すか。夫れなれば別に懸念致すに及ぶまい」「中々何うして、一通りの者でございますればビクともする私では無いが、彼奴だけはテコでもおえませぬ」「尤も手ん手の果し合なれば其方如き束になっても敵うまい」「此奴ア恐れ入った、が全くです」「であれば面向って殺って仕舞えとは云わぬ。其処に策略はあるじゃテ」「ヘーン」「ヘーンでは無い。先ず聞け斯うじゃテ……耳を貸せ」「ヘエ」

作之進は弁蔵の耳に口を当てゝ暫らく語る処あったが、軈て両人共元の座に直った。

「何うじゃ判ったか。是れなれば其方の腕はやれぬことはあるまい」「イヤ判りました。

流石は旦那よい考えが浮びましたな。よろしい確かに引き受けました。併し御褒美の方は間違いございますまいな」「念には及ばぬ事、此方も武士である、武士に二言は無い。先ず是れを取らす」と五十両の金子を弁蔵に与えると、押し戴だいて悦こんだ。「イヤ何うも有り難うございます。ヘヽヽヽ久しぶりでタンマリしたものを懐へ入れられます。此んな事なれば最初からザックバランに云うてくれりゃ別に心配が無いものを。何んだか家来の方が大層な権幕で引ッ張りに来たので三年の寿命を縮めました」「ハヽヽヽ、其方に似合わぬ胆ッ玉の少いことを申すの」「ヘエ、ですが何分旦那の御家来ですから迂闊なことをしては失礼だと思いまして」「ホヽウ此方の家来だから手出しは出来ぬと申すか」「そりゃそうです。此んな結構な御用を御申し付け下さる旦那ですもの」「アハッ〳〵〳〵、もうよい〳〵。夫れでは確と申し付けたぞ。尚云う迄も無く万事秘密にな、判ったか」「ヘエ〳〵そんなことは百も承知でございます。何れ四五日中には吉左右を御聞きに入れます。左様なれば有り難うございました。尚御褒美の方は間違い無く願いますぜ」「勿論の事、兎もあれ此の五十両だけ持って帰れ」「ヘエ〳〵有り難うございます。ヘヽーエ、久しぶりで此奴にゃ御目にかゝれました……イヤ何うもヘヽヽヽ有り難う存じます」

◎撃とうと思う獲物は目の前

吉之助は相変らず一挺の銃を肩に、一疋の愛犬を供に、日々遠近の山野を猟り暮して居った。処が或日のことである。何日もの通り出掛けたのは城下から三四里北に隔たった重が岳の山中、朝来彼方此方と渉ったが思わしい獲物は無い。其内に朝も過ぎ昼も去り最早当今の二時三時となっても漸く小禽の数羽を撃ったゞけに過ぎぬ。流石に気をあせって尚も奥深う進もうとする時、遥か行く手から歩み来った一人の者がある。見ると猟夫とも木樵とも判らぬ風体の男。手に是れも一挺の鉄砲を持って居る。近寄るについて其者はニコやかに笑をたゝえ、然も叮重に馴れ〳〵しく吉之助に一礼した。「失礼ながら貴郎は西郷の若様ではございませぬか」と声を掛けたが吉之助は見も知らぬ男なので訝かしく思うた。が先方から詞をかけられた以上、殊更ら返事をせぬ訳にはゆかぬ。のみならず吉之助の腹中には人の階級によって甲乙をつける事は好まぬ性質、其上先方より自分を知ったらしく云われては怪しんだ心も忽ち解けた。「オヽ如何にも西郷吉之助であるが御身は遂ぞ見た事も無い人、誰れやらであったの」「ヘエ〱御尤でございます。貴郎は御存じございますまいが、私は時々御城下で御見受け致しましてよく知って居りまする」「フ、ーム、夫れでは矢張り御城下の者か」「左様でございます。御城下の町人、弁蔵と申しますもので、ヘイ。何分是れが好きなものでございますから、暇さえあれば下手ながら彼方此方と撃ちに参ります」「ア、それはよい楽しみだ。時に何うだ見受くる処御身も一向獲物が無いようじゃの」「獲物は今朝来随分見受けましたが何分下手なものですからトント当りません。撃つごとに皆んな逃げて仕舞いましたので」「ハッ〱〱、夫れでは御身の荒した後を此方が探がし廻って居る為めに少しも見当らんのじゃな」「ヘエー、左様でございますか。何うも御気の毒様で……」「イヤ〱、自分の山と申すのでは無いから決して咎めん。併し御身が撃ち損ねた獲物とは何んなものがあった」「左様でございます。最初此の少し向うの方で大きな猪が飛び出しました」「ナニ猪、フム、して撃ち損ねたか」「イエ、中々何うしまして、迂闊に撃てば甚い目に会うと聞いて居りますから、此方が隠れましたので」「ハ、、、、夫れでは仕方が無い。して何れへ参った」「ヘッ、確と存じませんが奥の方へでも行ったように心得ます」「それは何うも残念な事を致したの。だが全体御身は何を撃つ目算だ」「ヘエ、何と云う事は定めてございませんが只だ危なげの無い鳥か兎でもと思いまして」「何うじゃ、夫れは無かったか」「ヘエ、処が沢山ございましたが何分腕が定まりませんものですから、ツイ逃がしまして」「何うも残念じゃ。して是れから奥は何れほど参った」「ナーニ、此のツイ先きまでゞございます。只今貴郎の御撃ちになった音を聞きまして引っ返して参ったようの有様で……時に如何でございましょう。何うせ私共等朝から一日駈け廻った処で小禽一疋も取れませんのみか、反って御邪魔をするような訳でございますから、夫れよりも沢山居るような処を御案内致しましては」「何うも夫れでは気の毒じゃテ」「滅相も無い。左様な御懸念に及びませぬ。斯う云う風に駈け廻って鉄砲を撃つのが私しの楽みで、取れても取れいでも一寸もかまいません。尤も貴郎が十疋御撃ちになれば一羽だけでも頂戴出来れば結構で……イエ、夫れも強って頂戴せずとも宜敷うございます。兎に角私が御案内致しましょう」「無論取った時には分けて遣わすが、何よりも先に逃がしたと云う猪の有所を知りたいものだが分らぬかな」「左様でございます。大抵は分って居りますから、兎も角今少し奥の方へ御越しになるが宜敷うございましょう」「フム、では気の毒ながら案内頼むぞ」

此の男とは作之進の命を受けた弁蔵なることは云う迄もない。彼れは作之進から吉之助殺害の命と共に其方法まで授けられたのであった。人に近づくに先ず好きの道より以てすとの軍法によって、幸い吉之助が当時狩猟に余念の無いを機とし、是れによって近づき、途中機会があれば一発の下に撃ち果すか、或は昵近を是れによって求め度々其家に出入する内、油断を見すまして倒そうと思うたのである。処が吉之助に於ては元よりそんな事を知る筈は無い。殊に腹中一点の邪気も無いから、秘密に関する用件の外は人に接して少しも懸隔を設けぬ。又た接するの親旧によって親疎を別けぬ、のみならず弁蔵が町人に似気なき武士らしい楽みを悦ぶと聞いては窃かに其気概を讃えた。今後親しく近づけて其心中を見洞した上、或は或用に充てようとまで思わぬでは無い。で彼れの云うまゝに山路の案内を托ね、奥深う其処此処と進む内、或る谷間へ下りた。其時弁蔵は俄かに声を低めて「モシ、此の辺に雉子が沢山居るようでございますから注意なさいませ。前刻二三羽向うの茂りへ逃げ込むのを見ましたが、何分犬が無いものですから残念ながら見逃しましたけれども、必らず隠れて居るに相違ございませぬ」「フム、向うに見える茂りか」「そうです、しかし私しは此処に御待ちをして居ります。万一御邪魔してはなりませぬから」「フム、よし、では此処で待って居れ」と云うたまゝ犬を先き立たせ、身は忍び〱に灌木の茂りを余念なく見つめながら進んで行く。此時弁蔵にあっては吉之助を見送りながら持ったる鉄砲を取り直し、距離の三四歩隔たって、今しも一心に茂りを見つめて居る吉之助に狙いを定め、矢頃を計ってズドンと一発撃ち出した。撃ち出しておいて早くも鉄砲を左りに持ち、右手は懐中の短刀に掛け、若し撃ち損じたならば破れかぶれ、此の上は無茶ながらでも斬り付けんと、煙の合間からキッと目を付ければ、吉之助は此方を向て笑を含んで立ったまゝ「弁蔵とやら、何うした、何か獲物が見付かったか。少し気を付けねば今の弾丸は此方の耳元をかすったぞ」と案外穏やかな有様に気を呑まれた弁蔵、俄かに心を取り直して第二の策を講じようとした。「ヘエッ、是れは何うも誠に粗忽を致しまして申訳ございません。ツイ茂りの中に鳥らしいものが見えましたので貴郎の事を忘れて思わず放ちました。ですが御怪我はございませんか」「フム別に怪我は無い。今後気を付けえ」

小石一ツ飛んできた程にも思わぬ吉之助の有様に今は弁蔵の方が反って気味が悪くなって来た様子。全身ブル〱慄い初めた。既に獲物無しと見極めて取って返えした吉之助、此体を眺めて「是りゃ其方何うした、大層慄うて居るでは無いか」「ヘエッ、その……其何んでございます。鳥に気を取られたとは申せ、今少しで貴郎に大変な御怪我をさす処でございましたから、ツイ思い出しまして気味が悪く……」「ハッ〳〵〳〵、そんな気の少いことでは鳥が撃てるか。何も弾丸が身に当ったでは無し、心にかけずともよい。夫れよりも何か早く大きい獲物を早く探がそう。早く従いて来い」「へエ……」

事も無げに先へ立ってノソリ〳〵と歩み出す。其後に従うた弁蔵、最早鉄砲を撃つまでも無い。三尺距れぬ後に居るこそ幸い、日頃の強力を持って鉄砲で只だ一と打ちに脳天から打ち据えようと、銃身逆しまに摑んで油断を待って居る。

◎二度目の遠島

弁蔵の心中を知らぬか、先きに立った吉之助は、後に大敵扣えた模様は少しも無い。彼方の木陰、此方の雑草原と行手を探ぐり〳〵歩みを運ぶ様は頗る平気に見受けた。後から足元を薙ぎ、胴を切り、首を取り、脳天を打ち砕くとも今は思いのまゝと見られた。

此の体の充分の成算を胸に持った弁蔵、今度は免すまじと、慄える足許を踏み堅め、両手に満身の力を籠めて、握った鉄砲の台尻で其後頭部を目がけてウンと打ち下した。

が、常に平気を装うて居るとは云え、起居に少しも油断の無い吉之助は、此時早くも颯と身を転すと、弁蔵は打ち損ねて自分の力で思わず前へヨロ〳〵と蹌け、地上をハッタと打って身体は前へノメろうとする。其処を透さず首筋摑んだ吉之助「さては前刻の鉄砲も故意に撃ったものであったか。ハッ〳〵〳〵、其方如き者に倒される吉之助では無いぞ、馬鹿ッ」と云うが早いか傍らの岩角目がけて投げ付けると、鋭く頭をブッ付け、血屁吐を吐いて二言となく息絶えた。此体を見て「ハヽヽヽ、案外脆い奴じゃ。物取りか又他に訳があってかは知らぬが、兎に角人一人を殺めた上は手続きだけはせねばなるまい。厄介だが仕方が無い」と廉潔な性質だけに其儘捨て置くことはせられぬ。直ちに麓の小山田へ下りて村役人の宅へ出掛けて其旨を通じる、と村役人は吉之助の威名は既に聞て居る、のみならず和泉公の御気に入りと云う事も耳にして居る上、殺された相手は町人で、然も吉之助に最初打ってかゝったと云うのであるから深くも詮議をせなんだ。「夫れは御災難、殊に身を御防ぎになる為めに致された事でござれば決して御咎めはござりますまい。拙者の方で万事御含み申すによって心安く思召されるよう」と内済にしようとせられるが、吉之助の心は夫れを許さなんだ。「イヤ御芳志は辱け無うござるが御含み下さる事は心苦しゅう思うによって宜敷手続を願われたい。其上明白に御咎めがござらぬとなれば心地よくござるが、仮令如何ようの心を以て拙者に向うたとは云え仮りにも人命を損のうたと云えば其儘では済みますまい」「御潔白の御精神、御尤もの仰せでござれど、其御懸念御無用、万事拙者の腹中にござれば……」「御黙んなさい。事の大小に拘わらず事理を明白に致されるのは貴殿等の職務でござらぬか。元より曲は彼れにありとは申せ何故一応夫れを訊されぬ。天下の大法は軽々しく決する事の出来ぬは御承知の筈。まして人命に拘わりたる大事、単に村役人だけの手に於て葬り去る事は出来まい。拙者左様の事は大嫌いだ。速かに手続をさっしゃい」「ヘーッ」

村役人は面喰った。世に自ら犯した罪をさえ逃れん為めに心を悩ます者は多くあるに引代え、累を及ぼすを気の毒に思う余り、一片の好意を以て大目に見ると云うを反って快よからず思う吉之助の権幕に寧ろ呆れずには居られぬ。尤も其潔白に感ずべきは当然ではあるが、当時の人心としては感ずべき余地が無かった。仕方が無いから「恐れ入りまする。然らば早速御言葉に任して手続を致しますれば、先ず今日は御引き取りを願わしゅう存ずる」と其日は吉之助を帰えらして直ちに検屍を遂げ、其旨を城下の奉行所へ上申する。

奉行も是れを聞て驚いて其処置に苦しんだ。と云うのは何分吉之助は藩の俊才で、和泉公の御気に入りは勿論、近来太守の御覚え目出たく、且つは藩士中の嘱望さえ浅からぬ身。又た相手たる弁蔵の身許を調べて見れば城下での悪漢、到底吉之助との釣合を取り得べきものでは無い。が愈よ表面きとなれば兎に角何う云う訳で殺したかと云う証拠が無い。証拠が無ければ仮令相手は悪漢にしろ人命を殺めたと云う上に於て吉之助を罪にせぬ訳にはならぬ。処が是れを迂闊に罪するとすれば、藩士中彼れに心服して居る者等は黙って居らぬのは勿論、奉行自身も心に忍びぬ処があった。夫れで独断で決し兼ねて二三主立った家中の人々に意見を求めることゝなったが、其内に中原作之進も含まれて居ったのである。で奉行から意見を徴せられた家臣等は「夫れは我れ〳〵に聞かれるまでも無い事。相手は取るにも足らぬ無頼漢の事であれば、到底西郷氏とは代えられぬ。左様な判り切った話を態々御尋ねになるまでも無く、何故不問の内に御取り捨てにならぬ」と云う事は一つであったけれども、作之進だけは是れに大反対であった。「是れは怪しからぬ御尋ね。左様なる事は態々此方の意見を求めるまでもござるまい。仮令相手は如何ようなる者であろうとも人命を損のうたる上は国法に照らされるがよかろう。殊に吉之助は其身藩士として仕官致されて居る者でもござるまい。左様なるものを不問に致すとすれば取りも直さず国法を蔑ろに致すと申す者。万一貴殿に於て御不問にせられる様でござれば此方より太守に言上致すによって左様承知せられたい」と一人で頑張って居るので、流石に奉行も困った。是れ作之進から太守に言上されては奉行自身の地位にさえ関係を及ぼす憂いがある、のみか何うせ吉之助も助からぬとすれば、此上は職掌上已を得ぬ話。遂に心を決して此事を太守に言上した。すると太守にも大に驚かれたが、一旦公の席で、然も奉行から耳に入れられたとすると不憫ながら罪を許す事が出来ぬ。いろ〳〵心を悩まされた末、再び大島へ流されることゝなった。時は峯の桜も開き初る安政二年三月の中旬である。

◎有り難き恩典

罪の手前、已む無く大島へ流刑に処したとは云え吉之助の人材は誰れしも惜んだ。和泉公は云う迄も無い。太守に於ても心外に思うて居られた。如何に御気に入りとは云え国法を枉げて迄是れを赦すことが出来なんだのである。が何か機会を求めて再び帰国せしめようと常に思われて居った。

夫れから一年余の後の事である。或日和泉公は太守の御前へ出て、御人払いの上、此事に就て言上する処があった。「恐れながら申し上げまする。昨年聊かの罪の為め大島へ流刑と致されたる西郷吉之助、誠に不憫の者と心得まするが何んとか御赦免の法はござりますまいか。殊に彼れは元来気宇宏寛にござれば些細なる事より人を殺める如き筈無きに引き換え、弁蔵とやらは城下の無頼漢に致して町民共が日頃忌み嫌うて居りし者の趣。さすれば曲は彼れにありしは申すまでも無いこと。が夫れも最早過ぎたることにござれば何事も申しますまい。なれども最早一年余りにもなりましたる今日、何んとか御赦免の法はござろうと存じますが。既に世の中の人々は当時の事も忘れはてたる事と察しますれば……」「オ、其儀に就て予もかねぐ心を痛めては居るが、さて何事か機会の無い今日、無意味に赦免もなりかねるでの。何かよい工風はあるまいか」「左様にございます。赦免の思召さえございますれば聊か考えが無いでもございません」「フム何とある、申して見い」「余の儀にはございません。先年流刑の節御赦免ありし通りになされては如何と存じまする」「ナニ、先年赦免の通り……フム、では再び江戸表へ出立せしめると申すか」「イヤ、此度は江戸では反って彼の身が危うございまする。江戸は将軍家の膝元、然るに彼れが勤王の志し厚き事幕府に聞え、流刑になりますまでは絶えず彼れの身辺に幕府の隠密が附き纏うて居りしやに聞及びし程にござりますれば」「ナニ、幕府の隠密……予が城下にか……怪しからぬ奴、何者じゃ。真逆他国の者を国内には入れまいの」「元よりでございます。確とは申し兼ねますなれど、家中の内、其命を受けたる者有やに聞き及びまする」「ケッ、怪しからぬ、直ちに調べい」「畏こまりました。処で吉之助の儀は左様の次第にござりますが為め、仮令御許しになりましょうとも家中の者へは極めて秘密の儀願わしゅう存じまする」「フム」「夫れで某しの考えますには窃かに御呼び寄せになって、窃かに京都表へ御遣わしになるは上策かと考えられまする。御承知の如く京都は恐れ多くも輦下でござりますが上、彼れと同志の士も多くござりますれば」「如何にもよい処へ気が付いた。然らば直ちに呼び返すであろう」と茲で御両公内密に御相談になって常に吉之助と最も親しかった大久保市蔵、篠原冬一郎の両士に其旨を命じ、窃かに大島から迎えられしめた。

此の恩典に接し、有り難き内意を聞ては流石に感泣に咽んだ。帰来窃かに和泉公に拝謁して御礼を申し述べると、公にも甚だしく悦ばれ、直ちに太守に伺候の儀を計われ、共に登城をすることゝなったので、太守にも殊の外懐かしく思われた。(此で一寸云うて置くが、太守斉彬卿、御親縁たる和泉公等は常に幕府の専横を悪み、勤王の志ざし厚く、従がって吉之助の意と執る処同じゅうして居ったのである)夫れで吉之助が久々で帰国して登城したと云う事を和泉公から伝えられるにつれ、窃かに是れを御居間に通された。諸士は勿論近侍の者すら遠ざけて和泉公の外他に何人も近づけしめなんだのは云う迄も無い。此の用意周到な取り計らいには益々心を強うした吉之助、只だ御前に平伏したまゝ遽かに言葉を出すこともせなんだが、軈て卿から発せられた。「吉之助、よく無事で帰ったの。懐かしゅう思うぞ」「ハヽッ、取るに足らざる某し、何かと御心に掛けさせられ有り難く存じまする」「イヤ〱、其方の志ざし和泉を初め予も深く知って居る。先般の罪予も残念に思うたなれど大法には代えられず心ならずも遠島に致したが、爾後和泉との間に折にふれ時にふれ、話は其方の身に及ばぬ事無い程」「恐れ入りまする」「尤も今度招び迎えしめたのは表面秘密であるによって其儀心得致せ」「ハッ、帰国の船中大久保より君の有り難き思召しを確と伺いましてございまする」「フヽム聞いたか、是れも和泉の考えである。就ては昵近の者の外凡て秘しておけ。尚城下に居らば又々如何なる事が出来致すとも計らわれぬより当分の内兎もあれ帝都に身を置いては何うか。聞き及ぶに先年出都の節、交りを致した同志の者も尠からぬ趣。夫れ等を尋ねて愈よ心を練り、風雲の機を待つがよかろう」「ハヽッ、重ね〲有り難き思召し。仰に従い明日とも云わず今晩夜に紛れて当御城下を出立仕りまする」「フム、名残惜うは思うが已を得ん。万事心致すように。是れを当分の入用に致せ」と金子一百両を御手文庫から取り出して賜わった。吉之助は夫れを受け納め、御心の深きを肝に銘じ、身のあらん限り尽さんと堅く心に誓いを立てゝ引き下り、親兄弟に暇乞いも其処〳〵に朧に照らす月影を踏んで鹿児島の城下を後にした。

◎拙者の芸当は剣舞

再び都の地を踏んだ吉之助は先ず清水寺に月照を尋ね、此処に足を止めては絶えず錦小路卿を初め其他同志の士と来往して籌を講ずるのみであったが、其内米艦は再び相摸灘に碇を投じて曩の返書を幕府に迫った。夫れのみか幕府は別に筒井伊賀守、川路左衛門尉の二人に命じて露国との通商条約を結ばんとの噂が頻りに伝えたので、さらでも慷慨の士は俄かに沸き立って討幕の議は益々盛んに声を揚げるようになったから、其本拠地たる京都の物色は頗る厳に、少しにても勤王の事を口にする者あれば、其事理を正さず牢獄に投じ、其形跡を認めたならば一刀の下、刑場の露と化せしめる横暴に、今は吉之助も寛かに足を止め難くなった。元より剛腹の吉之助は取るにも足らぬ幕吏に敢て恐怖を抱くと云うのでは無い。が何分大事の前の小事、是れが為め唱導する大義を根本的滅却されん事を憂えたのである。で先ず身を安全の地に置かん事を考えた結果、大阪に下って江戸堀の薩州の蔵屋敷に免れた。当時薩摩の島津公の権威は頗る高く、流石の幕吏も是れだけには聊か手を措いたので其蔵屋敷へは容易に手を容れることが出来なんだ。否容易処では無い殆んど絶体的に手を入れなんだと云うてもよい程で、従って他藩の士で罪を免れん為め、態々伝手を求めて此邸へ逃げ入ったと云う事もある程。吉之助は一時先ず是れに免れた。処が蔵屋敷詰の士にも同志の者がある。夫れが吉之助の顔を見て驚きもし、且つ悦んだ。「オ、、貴公は西郷氏、是りゃ何うも珍らしい。先年僅かな事が御災難となって大島へ御越しになられた以来、トント御消息を承まわらなんだが、よくも御無事で居られた。して如何ようの御都合で当地へ参られた」「されば是れにはいろ〳〵事情がある。実は……」と太守及び和泉公の御厚意によって京都へ来たこと、京都は昨今幕吏の捜索厳密なること、夫れが為め一時其難を当蔵屋敷で免れたいこと等を語って「斯ようの次第であれば暫らく御厄介に相成りたい。尤も此儀は殿及び和泉公に御知らせ下さっても宜しいが当分の内、御家中へは何卒御内分に預りたい」「アヽそうでござったか。先ず何よりも御健全で重畳。無論秘密は厭までも守るによって心置きなく居られたい」「辱け無う存ずる」と此処で又々足を止めて相変らず同志を糾合して居る。長州の志士、今田浪江、町田梅之進、粟谷三助なぞと面識を得たのは此の当時の事であった。

さて蔵屋敷の役人達は、兼ねて吉之助と昵近の者もあれば、又た其威名をのみ耳にして窃かに景慕して居った者もある。是れ等は一日の暇を割いて吉之助と快談を試みたいと思うた、が吉之助は日々同志の士と来訪して殆んど他事無い有様に、只だ其機を窺うて居るのみであったが、其内盛夏は過ぎて残暑となり、残暑は去って仲秋の月は空に皎と照る頃となった。其名月の夕、流石に繁労に厭いたか、吉之助には庭園を逍遥ては月に浮れ、殆んど無聊を慰むに苦んで居る様子。早くも此の体を見た役人の一人、伊東勝之進と云う者、是れもブラ〳〵と庭前に歩みを運んで、詞をかけた。「時に西郷氏、貴公当地へ来られて以来久々で一酌を汲もうと存じて居ったが、何分日々御忙しい趣、且つは拙者も何かと御用に追われてツイ機を得ざったが、幸い今宵は御無聊の様子、殊に月は近来に稀なる冴え。就ては如何でござろう大川の流れに舟を浮べて浩然の気を養われては。幸い同僚の者も親しく御話を承まわりたいと兼ての懇望。御差支え無くば御供を仕つりとうござるが」と云う声に「御芳志辱けのう存ずる。如何にも浪華の地は水の都と聞き及んでは居るが、何分何かと取り紛れて居る為め、確と是れを眺めた事はござらぬ。定めて今宵の月影は何方より望むも宜しかろうが殊に水上の月は格別でござろうな。幸い拙者も無聊でござれば御詞ばに従がい是非御供を仕つる」と吉之助は答えて「だが絶えず拙者に付き纏う蠅虫の如き幕吏、又も入らざる手出しはすまいか」「御懸念御無用、ヨシ参るとも何程の事はござろう」「元より取るに足らざる者、決して恐れは致さぬが、御一同折角の興を殺ぐは気の毒と思えばこそ」「若し参らば興を添えこそすれ、殺ぐべき憂はござりませぬじゃ。浪華の水に洗われても御国の魂いは確と持ってござるテ」「アハッ〳〵〳〵」「先ず暫し御待ち下され。直ちに準備を命じますれば」と伊東は直ちに其場を立ち去ったが、軈て其整のうたのを報じて共に伴のうた。

船は蔵屋敷の入堀に艤せられ、数名の当地詰藩士と共に乗った。先ず江戸堀川から東して横堀に入り、横堀を北に大川の清流に入った。満々と湛えた紺碧の水は、徐ろに漣を送って金波銀波の砕ける様得も云われぬ。物心付き初めて以来国事にのみ齷齪して居る吉之助には此んな遊びは初めてゞあった。其初めてだけに殊更興が深かい。高論快談にふける傍ら此の眺めに接しては共に酒がはずんだ。酒がはずんで何れも胸襟を開き、話しは夫れから夫れへと続く其内に誰れ云うとなく大阪の遊びと云うことに移った。夫れから蔵屋敷に詰めて居る者は他藩の諸士に交際の要として花柳の巷に足を入れねば御役を勤めかねるとまで説き及ぼしたものがある。併し吉之助には花柳は愚か芸妓の何者たるさえ知らぬ程。只だ口を緘んで夫れ等の話を聞いて居る。と其内一人発議する者があって「時に御同役、夜も追々に更けわたり、何んとなく川風が身に感ずるように覚えるが、是れでは折角の西郷氏に興が薄うござろうから、是れより例の処へ参って二次会を開いては如何でござろう」と云い出した。是れに続いて今一人「オヽ如何にもよい処へ気がつかれた。御同意申す。西郷氏には御差支えござるまいな」突然の尋ねに吉之助には確と其意を解しかねる。が前刻来の酒気漸く全身に廻って居るとは云え、夜半の川風は余りに身にこたえ、何れかに上陸すれば幸いと思うて居る際、殊に其発議者すら川風が身に感ずると云うのであるから、何れかに上陸して更に興を添えること〻云うだけは推し得た。根が薩摩隼人、少しも遠慮する処は無い。訳は判らぬが思いのま〻述べた。「拙者は別に差支えござらぬ。今宵は初めての清遊。眺めと云い、久々で御国の方々と御話しを致したといい、存外の愉快でござるが、惜むらくは少々川風が身にこたえて、折角の酒もトント酔心地が覚えかねる。何れかに座を代えられるようでござれば決して遠慮は致さぬ」「ハ、、、、、各々方何うでござる。西郷氏でさえ彼のように申されて居るでは無いか。是非例の処まで参ろう」「如何にも参ろう」「賛成」「同意」と云う風に満場一致を以て原案可決と云う有様。直ちに或一人は船頭に伝えた。「オイ船頭」「ヘエ……」「直ぐに内川へ這入れ」「ヘエ、内川と申しますと」「内川知らぬか、邸の方へ通じた川だ」「ヘエー、夫れでは最早御帰りになるのでございますか」「馬鹿、今頃から帰って何うなるか野暮なことを申すな。其内川筋を真ッ直ぐに南へ参るのだ」「成程横堀を南へ……夫れでは新町へでも御越しで」「如何にも新町へ参るが横堀では無いぞ、真ッ直な川だ」「ヘッ、夫れが横堀で……」「黙ってろ、曲った事は嫌いだ。真ッ直ぐ川だ」「ヘエー……」

随分負け惜みの強い侍いもあったもの。併し長い者に巻かれた船頭、仕方が無いから其儘黙って横堀川を南に新町橋の汀に船を付けると、一同は此処からドカ〱と上って、押しかけたのは九軒の花菱と云う茶屋。其儘梯子を上ると、仲居は甲斐〲しく燭台をつける煙草盆を運ぶ、座布団等を運ぶ、続いて酒を持って来る、料理を持ってくる、其内に四五人の芸者さえズラリと現われた。

今までは大言壮語に余念の無かった一同の人々、俄かに様子が変って各自に得意の隠し芸を出して浮れ廻る、唄う躍る舞う。一座は次第に陽気となったが其間相変らず猪口を片手に大義を論じようとして居るのは吉之助であった。遂に其中の一人、見兼ねたか是れに注意した。「西郷氏、此処は青楼でござる。左様なる御議論を此処で成さっては万一他に洩れたる際、貴公が折角の苦心も水の泡と相成り申すぞ。先ず大に飲り給え。飲って充分に浩然の気を晴らされるが宜しゅうござろう」「成程、此処は兼ねて聞き及ぶ青楼か。然らば彼れに居る女は芸者だな」「オヽ、如何にも察しの通り」「フム、芸者とあれば客の注文に応じて何なりとも芸をするか」「ハヽヽヽ、是れは西郷氏には異なことを尋ねられる。云うまでも無い酒間を斡旋し、三味を弦き歌を唄い舞を舞うから芸者と申すのだ」「左様か。拙者は未だ彼の様なものに接したことは無い……フーム婦人でこそあれ怜悧な者であるな。多芸多能で無くば勤まるまい」「ハヽヽヽ、余程感服せられたと見える。併し貴公の御得意のものがあれば何んなりとも是非拝見を致したい。前刻来御覧の通り同僚の者等が何かと芸さらえをやって居られる処であれば」「ハッ〳〵〳〵、拙者は御覧の通り一向左様なことは存ぜんが……オーある〳〵、一つ見せるぞ」「ヤッ、貴公何かやられるか。是れは何うも下へ置けぬ」「イヤ〳〵此処でよい、上へ揚っては屋根であろう」「ハヽヽヽ、此奴ア失策た。では是非拝見致す。各々方西郷氏の隠し芸を拝見したまえ」「ナニ西郷氏は何かやられるか。そりゃ珍らしい」「是非拝見致そう」「東西ッ」

一同の者が武骨一方の吉之助が、一芸を演ずると云うので半ば怪しみ、半ば疑い、冷笑半分で唆したてたが、吉之助は頗る平気で芸者の方を見返えった。「是りゃ三味線止めろ。拙者が剣舞を致すが、誰れか吟声を頼むぞ」と云う声に芸者よりも先ず一同の者が膝を乗り出した。「剣舞、是りゃ面白い、芸者共に吟声は不向だ、拙者がやろう」「アイヤ栗山氏待ちたまえ。拙者が吟声をやろう」「イヤ拙者は先ず口を出したのだ。拙者が引き受ける……西郷氏、題は何んだ」「各々方を煩らわすは恐縮」「ナーニ、拙者は吟声は大得意だ。

何をやる」「何うも恐れ入る……フム、夫れでは古人の詠詩では面白く無い。何か一つ作って見よう」「エッ、此場でか」「如何にも……是れ誰れか筆と料紙を持って来い」命に応じて一人の芸者は床脇から硯箱と巻紙を持って来た。夫れを受け取った吉之助、暫らく考がえて居った後、スラ〳〵と書き付けて栗山に渡し、ニッコと笑んだ。「栗山、何うだ。是れで一つ頼む」「ヨシ」と受け取った栗山、読み下すと、酒気の為め聊か筆は乱れて居るとは云え気は激して居るか、字句悉く躍って、覇気漲った七言絶句、

大声呼酒坐高楼　豪気将呑五大洲
一寸丹心三尺剣　揮剣先試佞人頭

「オヽ心中察し入る。イヤ面白い拙者も心をこめて吟声致す。支度さっしゃい」「オー」と直ちに股立取って栗山の吟声を待つ。栗山は気合を見て徐ろに吟じ初める。是れにつれて舞い初める吉之助の姿勢、熱血迸しり、慷慨の情溢れ側に居合わす字句すら解せぬ芸妓までも思わず雄壮の気にうたれた程なので、一座の諸士は頓に意気頗ぶる昂った。チェーストどころの騒ぎでは無い。何れも感嘆して盃を吉之助に指す。指された盃は正直に受けて正直に飲み干すから瞬く内に酔は廻って酔顔朦朧は通り越し、酔顔暗々で殆んど前後不

覚に酔い倒れた。が一同の面々は引続いて剣舞舞踊等の乱痴気騒ぎとなったが、是れも何時しか次第に静まって「時に御同役、夜も余程更けた様子、余りに遅くなっては明日の御用にも差支えよう。何うだ、よい加減に退散致しては」「ウ、、余りの面白さにツイ過ごした。然らば退散致そう……併し西郷氏は如何せられた」「前刻来非常に酩酊の模様であったから、兎に角次ぎの間に休まして居る。待ち給え拙者起して参ろうから」「ナニ酔い倒れた。夫れでは其儘寝まして置くがよかろう。今起しては反ってよくあるまい」「フム、だが一人捨てゝ帰るはよくあるまい」「それもそうだな。と云うて我れ〳〵は御用のある身、此の処へ一夜を明かす訳には参らぬ……さて困った何うしよう」と思わず見廻すとフト目についたのは其座に居合わした小菊と云う芸者。年は二十歳に充たず、容色は群を抜いて居るが、浮いた稼業に似合ず、左褄取って以来、此の廓でも男嫌いを以て通して居る拗者。「オ、小菊、其方なれば間違いはあるまい。西郷氏は酩酊致して次ぎの間に寝んで居るそうであるから、よく介抱を致してくれ。目を覚されて一同を尋ねたならば、明日の御用に差支えてはならぬから一足先へ帰ったと程よく伝えるよう」「畏こまりました。慥かに御伝え致しまする」「フム、では帰るぞ」と一同は吉之助を残して引き取った。

◎幸いの替え玉金と鉛

座の面白さに思わず酒を過して酔い倒れた吉之助、稍程経て咽喉の乾きにフト目を覚ました。見れば附近は静まりかえって、身は蘭燈の下、見もなれぬ座敷の内に、床しき香りの夜着を被って寝て居るさえあるに、側には一人の婦人甲斐〴〵しく介抱して居る有様、思わずも飛び起きた。「身は何日の間に斯ようの処へ参った」「御目覚でございますか。定めて咽喉が御乾きでございましょう。先ず御冷水を一杯召されませ」「ウヽ、して此処は何処じゃ。又た御身は何人であったな」「ハイ、此処は新町の花菱と申す御茶屋でござります。旦那様には昨夜御邸の方々と御越しになり、大層御酩酊の上、御寝みになりましたので、皆様方よりの御申付けによりまして御介抱申し上げて居ります」「オヽ、そうであったか、では一同は如何致した」「明日の御用御差支えになりましてはとの御懸念から、前刻御引き取りになりましたが、其節御起こし申し上げましても、よく御寝みになられて居りました為め、宜しく御伝え申せとのことでございます」「ナニ帰った……フーム、では拙者も帰らずばなるまい」と立ち上ったのを引きとめた小菊「旦那様、最早御時刻も遅うござりますれば、今晩は此処で御休みになり、明朝御早く御帰りになりましては如何でございます」「時刻が遅い……自体何ん時じゃ」「ハイ、前刻八ツを打ちましてござります」「ナニ最早八ツを過ぎたと云うか。是れは思わず不覚を致した。已を得ん、今頃帰った処が門も開くまい。気の毒ではあるが、酒を持って参れ」「畏こまりました」

未だ茶屋の二階へ登ったことの無い吉之助、否登ることを潔よしとせなんだ吉之助、昨夜は酔に乗じ、藩士に導びかれて興に浮かれて此楼に来たものゝ、酔も醒め、且つは芸者とは云え妙齢の婦人と只だ二人一室に籠って居ることは流石の英傑も聊か面愧かしい気がせんでも無い。で夫れを紛らかそう為めに再び酒を命じたのであった。軈て杯盤を運んで来た。吉之助は直ちに盃を取って一杯二杯傾ける内、再び陶然と酔がまわる。酔の廻るにつれて小菊の顔を見る。小菊は性来の男嫌いと云う事であったが、前刻来吉之助の風姿凡庸ならぬのに窃かに胸を焦して居る折柄、今改ためて顔を見られては何んとなく羞まずには居られぬ。其様子が一色の艶を添えて吉之助の目に映じたから、如何に大義を抱いた志士とは云え、青春の血の沸く壮年の男子、遂に色に現われて何時しか情意の投合が行なわれることゝなったのである。

誰れやらの句に「堅き程、尚折れやすし松の雪」と云うのがあるが、吉之助小菊の間は実に此の句の通りであった。一方は国事に心を悩ます外、女色のみか一切の娯楽に心を傾むけなんだ吉之助、一方は浮気稼業とは云え男嫌いとまで名のとった小菊、何れも色と云う事は性来忌わしきものと思う外、何ん等念頭になかった両人が端なく馴染を重ねた以来、逢う瀬は人一倍酷くなった。然も其逢うにつれて交情はいよ〱深くなるばかり。遂には花菱の二階に吉之助の姿は見ぬ夜は無く、小菊の嬉しそうなる顔は更らに一層の艶を添えるばかりとなって、此の事は何日しか廓雀のそれから夫れへと伝えそめた。

話代って幕府の隠密は京都で吉之助を捕えようとして居る際、彼れは何日しか大阪に去って、薩摩屋敷に身を潜めたと聞いて、何れも歯噛をして残念がったが、何分威勢の高い島津公の蔵屋敷であるから迂闊に手出しも出来ぬ。此の上は何れへか他行の時を見透して召捕うと油断なく網を張って居るけれども何日の間如何なる風体をして何れから出入をするか更らに其踪跡すら追うことも出来ぬ始末。さては最早此処にも居らず、何れかへ去ったかと稍其手先を緩めようとする折柄、小菊との間柄、及び毎夜殆んど花菱に顔を出さぬ日は無いと云う事まで聞き出した。花菱と云えば僅か色町の青楼、殊に其処に女色に溺れて居ると云えば如何なる英雄豪傑なりとも召捕に訳の無きこと。明日とも云わず今宵刻限を計って是非押し掛け、一撃の下に取り押えようと、大に悦んで三十名計りの組子に準備をさせ、夜に入るのを待って、忍び〱に花菱の附近を囲ませた。

処が小菊の方では此夜も吉之助の来るのを心待ちに待って居ると、何時もと同じ刻限に迎えがあった。さてはと心に悦びながら導びかれるまゝ座敷に通ると待ち詫びた吉之助では無く、頃日来頻って足繁く通い来る播州の大尽。聞けば塩問屋の主人と云うことであるが、何うした事、此夜に限って大小厳めしゅう、羽織袴を着けてさえあるに其紋処は恋しと思う吉之助の夫れと同じ轡の印。今しも座についた小菊を見るより、手にした盃を差して「小菊、此の風は恋しゅう無いか。先頃来、斯ほど執心な此方に靡かぬのも云わば此の紋所の為めであろう。今日こそ心は恋人程にはなかろうが、セメテ身の廻りだけなりとも夫れに似せてくれれば、多少は察してくれると思うて、殊更ら此んな風をして来たが何うじゃ。まん更ら悪うはあるまい……又た望みのものがあれば遠慮なく云うがよい。何んなりとも買うてやるぞ」としなだれかゝるをキッカケに、其命を含んで居ったか、今迄側に居った仲居を初め他の芸者は何れも座を外して残るは大尽と小菊の二人。小菊は内心穏やかならぬ。が何分相手は当家の大事の客、手酷く撥ねつける訳にはゆかぬ。「左程までの仰せ、有り難うはございますなれど、何分夫と定めた人がござりますれば、其儀ばかりは平に御許しを……」「オット、其事は既に千万言聞き厭きた。夫と云うた処で自分勝手で定めた言わば野合の中。そんな者に操を立てるに及ぶまい。真逆大家のお嬢様ではあるまいし、売物買物の身の上、此処の女将も承知じゃ今日こそは無理からでも思いを遂げずにはおかぬぞ」「御言葉ではございますが、芸は売りましても身は売りませぬ。是れだけは御許しを」「生意気な事を云うな。身を売らぬ……売らねば売ってはいらぬ。無理からでも遂げるまでのこと、如何にわめいたとて下では誰れも承知の上だ。ハヽヽヽよい覚悟だ」と云うより早く猿臂を延して小菊の細腕を捉え、無理無体に怪からぬ所行に及ぼうとする時、ドタ〳〵〳〵とケタヽマしき足音を立てゝ此座に入り込んで来たのは数名の隠密と三十名の組子。バラ〳〵と大尽を取り巻いて「国賊西郷吉之助御用ッ」と云う声につれ、十手激しく四方から打ち下した。不意を打たれたさえあるに、国賊呼わりされた大尽は大に驚いたが、スックと立って早速一刀抜き放ち、打ちかゝる十手を払いながら「是れは何うも意外の仰せ。私しは左様な者ではございません。播州赤穂の塩問屋、播磨屋喜蔵と申うす者……」「黙れ、此期に於て卑怯な振舞。其方の風体と云い身の構えと云い町人らしき処があるか。最早免れぬ処、神妙に縄を受けッ」「決して左様の者ではございません。何うか御見違いの無きように」と云わせもはてず油断なく四方を堅めて小菊に問うた。「夫れなる女、何うじゃ是れは西郷吉之助に相違あるまい。隠さば其方も同罪である真ッすぐに申せ」「ハイ、此の上は何を御隠し致しましょう全くは西郷様に相違ございませぬ」「コッ、是りゃ滅相な事を申し上げるな。此方は播州の播磨屋では無いか、オーイ小菊大それたことを……」「エイ八釜しい。如何に隠すも逃れぬ処、それッ」と云うまゝ多勢が折重なって一時に縛り上げたから手の出しようも無い。見る〳〵引ッ立てられて調べに廻されたが、元より吉之助にあらぬ身、其名を口にすべき筈が無い。二日三日は只だ播磨屋の主人と云う事でつッ張った。其内様子が何うも夫れらしくも無い点が見えるので多少疑いを認めた役人、一方赤穂に照会すると、赤穂には成程播磨屋と云う塩問屋がある、が又た新たなる疑いが起った。播磨屋はあるが其主人は既に五十以上で、然も当時は宅に居る事、今一ツは召し捕の当夜、意外に落ち付いて居ったことゝ、反抗した刀の持ち工合は普通の町人らしく無いことで、是れが為め吉之助では無いにした処で其同志の者であろうと推定した。で夫れによって益々厳しく訊問した結果、漸く討幕党の人間で無い事が判ったけれども、瀬戸内海を荒し廻った海賊の張本と云う事が知れて直ちに処刑を行われた。役人の働きは全然徒労には帰せなんだがツマリ金を狙うて鉛を得た様なものであった。従って其失望は甚だしい。「さては女郎が吉之助を扶けん為め偽りを申したか。上を詐かる不都合の奴、先ず彼れを召し捕れ」と云う事で直ちに組子を新町に向わしめた時は既に其夜から十日余り後の事で、小菊の行衛が知れぬと家形で大騒ぎをしたのも既に下火となった時分であった。

◎名残惜しい別れ

さて話しは戻って花菱で騒動のあった晩、吉之助は例によって薩摩屋敷を窃かに出かけ、新町へ足を向けようとした途中、端なく滞在中面識になった同志の町田梅之進と出会わした。勝手悪しと思う内、先方から声を掛けたので今更仕方が無い。「オッ、西郷氏でござらぬか、何れへ……」「是れは町田氏、思いがけ無き処で対面致す……ナーニ無聊で仕方が無いによってブラ〱散策致そうと存じて、して貴公は何れへ参られる」「夫れは丁度よい所で御目にかゝった。実は至急御意得たい事がござって、是れより御伺い致そうと存じた処」「エッ、拙者の方へ……何か取り急ぐ御用でもござって」「如何にも至急を要する儀でござるが、御無聊とあれば幸い、是れより御住居へ伺うても御差支えござるまい」「差支えとてござらぬが……フム兎も角も案内しよう」

心は既に新町へ行って居るが、無聊と云うた以上、用に托する事は出来ぬ。殊に吉之助の気性として如何なることにしろ同士を誑かるは心が許さぬ。不性無性ながら町田を案内して再び屋敷へ戻った。「時に町田氏、差し急いだ御用向とは如何なることでござる」「さればば拙者も突然ながら明朝長州表へ参ろうと存じて其御暇乞い旁た参った次第」「ナニ当地を発足せられると申さるゝか。何か急の用でもあって」「イヤ別段差し当った用とてもござらぬが何分蠅共が五月蠅うござる為めにな」「ハッ〱〱幕吏共でござるか。取るにも足らぬこと、捨て置かっしゃい」「元より怖れは致さぬが、何分大事の前の小事、出来得る限りは避けるが宜しかろうと存ずれば」「如何にも……併し当地は京都程も彼れ等の手は厳密にござるまい」「何うして、貴公なぞは此の御邸内にござるが為め御気付き無いは御尤でござれど、昨今の穿鑿誠に厳しゅうござるぞ。御他出の際は充分御警戒なくばトンダ御災難無いとも限らぬ。現に今晩の如きも拙者黄昏を幸い忍び〳〵に参る途中、道行く者の噂では上役人三四十名新町の廓に押しかけ、同志の士、何人かは存ぜぬが手当てを致せる趣。元より同志の者と云えば身を捨てゝも助けようと存じたなれど、廓に出入を致す様な者では別段取るにも足らぬ似非侍いと存じたる故、其儘見棄申したが、口に勤王を唱えながら茶屋酒に溺るゝような者は何うせ同志の面汚しでござろう」

町田の言葉は心あって云うたのではあるまいが、吉之助の胸には犇々と応えた。けれども流石に夫れとは聞きかねる。「ナニ、新町に於て同志の者を取り押えると……ハッ〳〵〳〵何を致すやら。併し人事ではござらぬ。事を果すまでは身が大事であれば共に注意を致すに越した事はござるまい。貴公の長州へ赴かれるのも強ては止めぬ。先ず何よりも自愛さっしゃい。拙者も其内国に帰ろうと思うて居るから其節平野氏の許へ参るかも知れぬ。御面会の節は宜しく伝えられたい」

平野とは是れも勤王無二の士、平野次郎国臣のことで、吉之助が在郷の節共に国事を語って意気投合の間柄となった一人である。尚是れより両人は暫し談ずる処あった末、町田は名残を惜んで立ち去ったが、後に残った吉之助、町田の話に就て大に考えた。身は苟くも勤王の士を以て国事に殉ぜんとまで夙に太守を初め同志の者に誓うたに拘らず、一朝婦人の愛に溺れんとしたるは他の人々に云い訳の無い次第。且つは今宵幕吏は新町に向うたと云うは或は自分が毎夜花菱に行くを嗅ぎ知っての仕業ではあるまいか。若し左ある場合、仮令其場を免れるにした処が此事を一般に聞えては吉之助の一大面目に拘わる仕儀。幸いにも途中町田に遭うたればこそ其難を助かったが若し何日もの様に出掛けてあったならば取り返しのつかぬ一大事を出来する処。さても慎むべきは女色にありと、自ら語り自ら問うて居る折柄、一人の使が一通の書面を持って来た。フト目を付けると上書には差出人の名こそ書いてないが兼ねて見覚えの筆跡。さてはと取る手も遅く封押し披いて読み下すと紛れも無い小菊の書面で今宵も御越しになるのを待ち詫びて居ったが、お姿の見えぬは何処も障りがあるので無いかと云う事から、計らず幕府の役人が召し捕りに向うたこと、折柄居合わした客人を夫れにして一時の難を免れた事等を精しく書き連ねた末、今一応御目にかゝりたいけれども夫れでは反って御身の為めになるまいと思う、就ては妾くしも何れは上を誑かった事が知れ、其まゝでは置くまいと思うにより只今より暫らくは身を隠そうと思うから貴郎に於ても当地に別段差し迫った御用が無ければ、此両三日は御調べも厳しくはあるまいによって今の内何れへか御免れになれば宜しかろう、御名残は尽きぬが何分今日の場合、しみ〴〵の御話しを致しかねる、何れまた御目にかゝる事もあろうから夫れを楽しみに致すより外は無い云々と細かく書き記した知らせの手紙。小菊の意中は文外に溢れておる。

是れを手にした吉之助は再三読み下して、綾なき暗を辿って川口に出で、便船を求めて長州下の関に渡り、予ねて交りのある平野国臣を頼った。

国臣は元来福岡の藩士であるが、勤王の士として夙に国事に尽くす事多く、屢々同志の士と来往する為め、藩主の忌諱に触れ、当時は下の関に客となって居ったのである。

◎国家の為めには家をも身をも御座らぬ

吉之助は国臣を訪ねると非常に悦んで一室に通し、一別以来の挨拶も済んで話は次第に国事に関する事に移り、次で国臣は尚も尋ねた。「聞き及ぶに近頃幕吏の我徒を物色すること誠に厳しく、殊に京阪地方は蟻の這い出る隙間も無いとの事。貴公よくも無事に在られたの」「されば初め京都の月照上人を頼り、暫らく清水寺に居を求めて居ったが、日々に詮索厳しゅうなる様子に大阪表に下り、御国の蔵屋敷に潜んで僅かに免れて居ったのだが、是れも袋の鼠同様、市中を一歩踏み出す事の出来ぬ有様。尤も蠅虫の如き幕吏、敢て恐れは致さぬ、なれども大事の前の小事、万一の事があってはと存じての事」「如何様、併し左程まで厳重の大阪をよくも無事に逃れられた。たゞ祝着の外はござらぬ」「イヤ辱けのうござる。其儀に就て不思議と云わば不思議、僥倖と云わば僥倖の事がござっての。先ず懺悔話から致さねばならぬ。御聞き下され」と是れより小菊との件、播州大尽が身変りとなって捕われたことを述べ「斯様の都合で若気の誤りから大事を扣えた身を以て女色に溺れたのは何共申訳ござらぬが、夫れが為め諸方の固めが弛んで無事に出立すること出来申した。なれども思うて見れば其大尽とやらは誠に気の毒の次第でござるテ」「ハッくくく、だが英雄も戒むるは色にありと申せば今後は気をつけさっしゃい。其大尽とやらも一時は気の毒ではござるなれど、貴公の一身には代えられぬ今日、且つは取調の上、軈ては事なく帰えされるでござろう。先ず何よりも貴公の無事でござったことが悦こばしい。当分は陋屋ではござるが足を止められよ」「イヤ御厚意は辱けのうござれど、昨今幕府の横暴其頂に達せしのみか、外交の機、既に一歩を誤またんと致し居る折柄でござれば、是れより藩地に帰って窃かに太守に言上し、一日も早く討幕の挙を起そうと存ずる」「アイヤ待たれよ。如何にも島津公は勤王の御志し厚き事は予て伺うて居るが、仮りにも一国の太守、軽々しく従われまい。殊に藩士中佐幕の者も無いとも限らぬ。若し事を挙げるに先き立ち、是れ等に洩れた場合取り返えしが付きませぬぞ」「其御注意千万辱けのうござる。なれども畏き辺りの御宸襟絶えずと洩れ承まわるだに恐れ多き今日、仮令如何ようの障りあろうとも身命に代えて是れに報ゆべき決心。のみならず藩地には血をすゝった同志の者尠なからずござれば共に事を挙げようと存ずる。若しさる場合、貴公も此地にあって同志の方を糾合し、宜しく援助せられたい」

吉之助の熱心なる言葉に国臣の血は沸いた。見る〳〵慷慨の情眉宇に漲って「今に初めぬ貴公の志し、慮外ながら国臣ほと〳〵感服致した。面白い、遣り給え。拙者微力と雖も一臂の力を貸そう。否、力の限り大義を唱えて普く同志の間に奔走しよう。貴公も充分脱漏なきよう努められよ」「辱じけのう存ずる何分宜敷御願い申す」「元よりの事、国家の為めには家をも身をもござらぬ。身のある限りは愚か、七生までも尽す考え。先ず今宵はゆるりと宿られよ。夜と共に語らん」と話半ばに既に命じてあったか、家僕は酒肴を持ち出した。国臣は盃をとって吉之助にすゝめ「久々で一献交そう、先ずあげられよ」「是れは何かと辱けのう存ずる」「オヽ、時に貴公の話に思わず申すのを忘れて居ったが、今朝町田、今田、粟谷の三氏が突然使って参って貴公よりの伝言を慥かに聞き申した」「オヽそうでござったか。町田は拙者大阪表を出立の数時間以前、計らず尋ねて参り、前刻御話し致した新町の様子を粗ぼ推定致すことが出来申したのでござるが……して未だ滞在中でござるか」「イヤ、当地に頼る者があって参った様子でござれど其人は何れへか引ッ越したる為め、直ちに熊本表に向うとやら申された。尤も拙者引き止めたなれども、是れも何か取り急ぎ居った為め強てとも申さなんだが、貴公が来られると知ったならば無理からでも引き止めたものを、残念であった」

両人の話は次第に興を加え、夜半に至って漸く枕に就いたが、其翌朝は近年に稀な大暴風の為め、僅かな海峡ではあるが、小倉行の渡は出ぬとの事に其夜も一泊することとなった。其内、誰れが通ずるとも無く国臣の宅に吉之助が足を止めて居ると云う事が、附近の同士に伝わったから、尋ねて誼みを通ぜんとする者が夥たゞしい。吉之助も聽ては是れ等と間を通ぜようとする気がある為め、是れを振り切って出立するは内心忍びん処もある。で其翌日直ちに藩地に帰ろうとしたのが一日二日と延びて思わず十数日を滞在したが、尚も訪うて来る者は尠く無い様子であるけれども、此上会うて居っては際限は無く、且つは処志の事を行うに遅れてはと云う懸念も無いでは無いので遂に此地を立つことゝなった。「平野氏、直ちに出立致す筈でござったに思わず長く御厄介になり申した。就ては明朝は是非出立致すから、兼ねて御願いの儀何分宜敷御願い申す」「でござるか、尚ゆる〳〵と御止め致しとうはあるが定めて御心急きの儀も推察致せば、此の上強て御止め仕つらぬ。尚時節柄、途中充分御気付けられるよう……オヽ幸い道中の勝手をよく知ったる者が拙者宅にござれば此者に案内致させる。彼れも同志の一人でござるによって心置きなく供に伴れられるよう」「夫れは何かと辱けない。然らば御言葉に任して厄介に相成ろう」と其翌日其人を供に連れ、此地から豊前の小倉まで船で渡り、小倉から街道を南に向うた。

話し岐れて国臣の方では吉之助が出立したものゝ大阪の一件を聞いて居るから頗る気にかゝる処である。と云うのは外では無い、西郷の身代りとして捕えられた者、いろ〳〵訊問された結果人違いであると云う事は必らず知れずには居らぬ。で夫れが知れた場合は厳しく手を入れて調べるには相違ないが、其調べた結果、川口から船に乗ったと判ったならば直ちに其本国たる九州路の詮議は殊更忽せにせまいと思うた。是れが為め一室に籠って心を痛めて居る際、其同志の一人が慌たゞしく尋ねて来た。「卒爾ながら御伺い致すが西郷氏には未だ御滞在でござるか」「オヽ是れは西田氏、西郷氏は今朝帰国の途につかれたが何か変った事でもござって、御見受け申せば大層御心急きの様子」「エッ、出立せられた……夫れは大変……」「是れ、何うせられた、何か心掛りな模様、落付いて話されい」「フム、余事でもござらぬ。今朝九州地方より帰られた友人より聞き及ぶに、西郷氏が大阪を出発せられて帰国されると申す事を幕吏が覚ったか、昨今九州地方は何れも是れが詮議に付て厳しき趣」「ウヽ、其儀なれば殊更ら間道を行くように案内を付けたれば懸念無かろうと存ずるが……」「さ元より貴公の事でござれば其点は万々御疎漏はござるまいと察したが、茲に一つ厄介なものがござるのじゃテ」「ナニ、厄介なもの……とは甚だ気掛りである。何んとした」「されば、聞き及ぶに幕府の飼犬橋本石見が西郷氏の帰国を嗅ぎ知ったか、薩摩の国境へ新に関所を設け、十分に手配りを致した様子。御承知でもござろうが当方より参る国境は山嶮しくして街道間道共一道となり、他よりは容易に入ることは出来申すまい。然るに其道筋へ厳重なる関所を設けられては如何に西郷氏は三面六臂の勇あられようとも手易く通行は致されまいと存ずるが……」「国境に関所を設けたと……さて困ったものじゃの。今更ら当地から多勢の者が駈け付ければ反って幕吏に注意を促すよ
うなもの、はてな……」

流石の国臣も暫らく首を傾けて考えて居ったが、軈て良案が浮んだかニッコと笑んだ。

「オヽ別に懸念を致さずともよい。西郷氏には間道を趣かれるとすれば道も捗取らぬ筈。其間に矢張り同志の知人で西郷氏には多少報いねばならぬ者が熊本の藩中にある。幸い是れに急飛脚を立てゝ此の事を頼めば真逆捨ておくまい」「ヘエー、熊本の誰れでござる」

「フム、貴公も知って居るであろう。桜田惣四郎だ。早速其旨使いを立てねばなるまい」

と俄かに書状を認めて急飛脚を発した。

◎最中の月影に落花狼藉

話は聊か岐道へ外れるが、国臣の語った桜田惣四郎が何故吉之助の為めに報いねばなら

ぬ事があると云う理由を述べる。

此の惣四郎の家は熊本城主譜代の藩士であって現に父祖の後を襲ぎ武術指範役として一藩に圧して居るが、幼時から勤王の心厚く、壮年に至って諸国の志士と交り、傍ら武道を研く志しを立てゝ君父から御暇を賜り、彼方此方と経過る内、当時福岡の藩士で勤王の志し高かった平野国臣と端なく相知る中となって遂に意気投じた結果が義兄弟の契を結んだ。で其家に暫らく止まって薫陶を受けた後、再び漂浪の身となり、或る手蔓を得て武道の盛んを以て九州に名ある薩摩の城下に入り海月楼と云うに宿を取った。

処が当時の城下には藩中の若侍い等が意気の投じた者同士互いに党派を組み、団結して他の党と勢力を比べ、殆んど群雄割拠の有様をなして居ったが、其内にも吉之助の威力が高かった。是れを聞た桜田は名望に憧れ、刺を通じて漸く交りを得るまでになったのである。先ず是れまでは何事も無かった。然るに海月楼にお品と云う娘がある。年は十八九で其風姿の艶なは云う迄も無い。何がさて一人娘の事であるから、行儀作法の躾万端は勿論、服装の如きは四季の好によって心を尽くされて居るので、艶は一層の美を添える有様。暫らく滞在して居る間にフト此の姿が桜田の目に付いた。身は国事にゆだね武道を究めようとする意志ではあるが、血気盛んの壮年、何時しか心を乱わし初めた。が相手は旅館の娘とは云え秘蔵娘であるだけ心の底を明かす機会は容易に得られぬ。只だ窃かに胸を悩まして居ると、冴えわたる月の夕の事であった。数日来結ぼれた心は書見に厭き易く、外面の月の美わしさに我れにもあらず居間を出で、程遠からぬ川辺に沿うて逍遥う内、何気なく見渡す目についたのは一艘の船。中には日頃思いの絶え間無いお品が、下女のお竹と只だ二人乗ったまゝ流れに任して面白げに浮べて居る。

此の体を見た桜田、我れにもあらず思わず下女に声を掛けて同乗を求めると下女は桜田の心根を知らぬから、兎に角主家の客、他意ない者と思うて是れを許した。軈て再び中流に浮べた舟、流れに沿うて漸次河口に下った時、スックと立った桜田は俄にお竹の襟許摑んで水の中に投げ込み、驚くお品を挑んで後は落花狼藉、程なく船は岸辺に付け、何気無く海月楼に帰ると、お品も身を愧じて何事も語らなんだ。

然るに川の中に投げ入れられたお竹は女でこそあれ海浜に生れたもの、且つは薩摩沿岸の者は男女に拘わらず水泳の術に勝けて居る。従って広いと云うても川の事であるから、一時は不意を喰って沈んだが、忽ち岸辺に泳ぎ寄った。泳ぎ寄って川端に匐い上ろうとする折柄其処を通りかゝったのは数人の若侍いであった。是れも月に浮れて逍遥て居ったのであろう。高声で議論を闘わす者、詩を吟ずる者、思い〳〵に吐鳴りながら来る足許へヒョッコリ首を出したのは彼のお竹であるので、思わずギョッとした。「ヤッ何んだ」「曲者か……」「何者だッ」と口々に騒いで俄かに身構え、刀の柄に手を掛けて透かし見る処へ漸くの事でノッソリ這い上った。「オッ貴郎は御家中の飯沼さん」と声を掛けたので飯沼は益々驚いた。「ナッ、ナッ、何んだ気味の悪い……オヤ見たことある顔だな」

訝かりながら恐る〳〵月明りで顔を覗き込む飯沼に「見たことある顔……阿呆らしい、妾しは毎日御覧になってる海月のお竹でございます。オヽ吉川さんも、北島さんも皆様御揃いで、丁度よい処でございます。何うぞ御助けを……」「オヽ海月の竹であったか、ナニお助け……何うした、訳を云え」「我々も男子だ、殊に知辺の其方が御助けと申す以上は飽まで助ける。何うした」「是れ泣いては判らぬ、訳を云え」「ハイ有り難う存じまする。妾し旦那様や奥様に申し訳の無い事を致しまして」「フム、海月の主人夫婦に云い訳の無い事を致したと申すが、何うした」「外でもございませぬ。今晩余りよい月夜のものですから舟で月を見ようとお嬢様が仰言るので、裏の岸から舟に乗りまして只だ二人此の川筋に浮かべて居りましたる処、先日来御宿りになって居ます熊本の浪人桜田と云う奴が乗っけて呉れと申しました」「ナニ、お品どのと其方の只だ二人乗って居る船にか。よもや乗せはしまいな、怪しからぬことを申す奴だ」「ハイ、妾しも御断りをしようと思いましたが、何分長くお泊りになって居るお客様ですから嫌と申し兼ねまして……」「ナニ其舟へ乗せたか。ウヌ他藩の奴の癖に生意気な事を云う奴だ。夫れから何うした。お品どのは何うした」「処が大変でございます。だん〳〵舟が川口へ近づくに連れましてお嬢様に忌らしい事を申すのではございませんか。けれども大事の御客様と思うて妾しも辛抱をして居りますと、何思うたものか、イキナリ妾の襟首を摑んで川の中へ投げ込んだのでございます」「いよ〳〵怪しからぬ。夫れからお品どのは何うした、真逆其奴の手にはかゝりはしないな」「さ、夫れが判りませんので。何分川へ投げ込まれたまゝ、妾しも一生懸命生から〴〵此の処へ漸く泳ぎ付きましたので、お嬢様の御身は心がかりでございます。何うかお嬢様を御助け下さいませ」「そりゃ大変だ。して舟は何処へ行った、尠しも見えぬでは無いか」「エッ、見えませぬ……アヽ、何うしたらよいでしょう。御主人へ申し訳はございません」「まて〳〵心配致すな。拙者等が寄って探がしてやろう」と何れもお品の容色に日頃心を傾むけて居った連中、焼餅半分何れからか小舟を求めて来て川下からだん〱川上に溯うと、お竹等が乗って居った舟は何時の間にか海月の裏手に繋いでおる。「オイ竹、心配致すなお品殿は此の調子なれば帰って居ろう。併し桜田の為めに手籠に遇うたかも知れぬが、大体他国から流れて来て城下の娘を手に入れようとは我れ〱藩士を侮辱致した仕業だ。各々方何うだ、是れから其桜田とか云う奴を首にしては」「オヽ是りゃ吉川面白い処へ気がついた。今後他国の奴の見せしめに充分やろう」「よかろう、如何に手強い奴でも我れ〱四人あれば恐れるに足るまい。先ず其奴を誘き出せ」「ヨシ、拙者が旨く引っ張り出してやろう。各々方脱漏な」「オヽ元より合点だ」と早速一決して其内の一人は海月楼に飛び込むと折柄亭主は店先きに居った。「オヽ是れは北島の若様、よくお越しになりました。何か御用でも」「フム、外でも無い。其方宅に熊本の桜田と云う奴が泊って居ろうな」「如何にも御泊りでございます何か御用で」「ウム、是非用があるから呼んで貰いたい」「畏まりました」と何んにも知らん亭主は直ちに桜田の部屋へ行って其旨を通ずると、桜田は真逆そんな用事とは思わぬ。殊に勤王の心厚い性質なので、薩摩の城下には同志の藩士が沢山あると聞き、窃かに是れに交りを結ぼうとして居る際、突然藩中の若侍いが尋ねて来たと云うので、さては誰れかの紹介によって来られたのであろう位いに思うた。で悦こんで店先きへ飛び出し、「是れは北島氏とやら初めて御意得申す。拙者は肥後の浪人桜田薫と申す者。以後御見知り願いたい」（尤も此の桜田は父の家名を襲いで惣兵衛と云うて居るが壮年の頃は薫と名乗って居ったのである）「オヽ貴公が桜田か。聊か話しがある、此処では述べかねるから一寸其処まで来て貰いたい」「ホヽー、何か御集会でもござるか。して貴公は何人の御紹介によって拙者を御存じになられた」「ナニ、何人の紹介……左様の者はござらぬ。兎もあれ一寸其処まで来られたならば判る。他に両三名貴公に会いたいと云う人もあれば」「アッ、左様でござるか。夫れは御苦労千万、直ちに参るでござろう」

いよ〳〵同志の集会と勘違いをした桜田は直ちに身扮を改めて北島の後に付いて行くと何時しか川端に出た。見ると今まで共に歩いて居った北島、俄かに足を早めて行く模様に、訝かりながら行く手を見ると三名の若侍いが橋の欄干に倚って立っておる。北島は其側によって声を掛けた。「各々方、漸く桜田を連れ出したぞ。あれがそうだ」と云う声に一同はツカ〳〵と桜田の間近に進んで四方を取りまいた。

◎不徳不義の徒者とは聞き捨てならぬ一言

桜田は四方を取り捲かれながら尚充分に覚り得ぬ。「是れは各々方に初めて御意得申す。拙者は肥後熊本の浪人桜田薫と申す者以後御別懇に御願い申す」と云う声に其中の一人「何んだ以後御別懇……ハ、、、、切角ながら御断り申す。天下の志士なれば悦んで当方より御願い申すが、志士を面に被って不徳不義をする様な徒者は真ッ平御断りだ」「是れは怪しからぬことを耳に致す。不徳不義の徒者とは聞き捨てならぬ一言。さては本日何等かの意趣を以って拙者を誘き出されたな」「意趣……初めて逢う貴公に何等の意趣を含む筈はござらぬ。なれども不徳不義の行いを以て我れ等藩士の者を蔑しろに致される罪は問わねばなり申さぬぞ」「怪しからぬ事を申される。何が故拙者は不徳不義を致した。何を以て藩士の方々を蔑しろに致した。先ず夫れを承わろう」「黙れッ、盗人猛々しいとは貴公の事だ」「ナニッ」「昨夜は何れへ行って何をした。明白に答が出来るか」「ウッ、昨夜……イヤ別に何も致さん。只だ余りに月の影が面白さに此の川辺を徐ろ歩き致したまで。他に何等覚えがござらぬぞ」「ハヽヽヽ、よもや口外致されまい」と云う傍から一人の藩士「オイ吉川、そんなまどろい事で判るような相手とは違う。単刀直入でやりたまえ」「フム、待て、談判は拙者に任しておけ……是りゃ桜田、此辺を歩たゞけではあるまい。舟へは乗りはせぬか。海月のお品を伺うした、下女のお竹を伺うした。さ、是れだけ云えば真逆隠すことは出来まい。城下の者ですら執心の女があれば友人に計って処置を取るのが通例だ。然るに貴公は旅烏の身を以て是れをするさえあるに、一人を惨酷にも河中に投じ、無理からも思いを遂げようとするなぞは武士の風上にも置けぬ挙動。返答あれば致して見ろ。不義者不徳者と申して言い分があるか、あれば聞こう」「フム……」

斯くまで云われては最早隠す訳には行かぬ。「オッ其儀に付ては桜田薫一言の申し訳もござらぬ。一旦押え難き情慾の為め心得違いを致したれど、夫れが為め良心の咎め絶えず、実は今朝来悔悟の念にかられて煩悶致し居る折柄……」「馬鹿ッ、左程煩悶致されるならば何故最初隠された」「フム……」「悔悟致して一旦汚れたる者が清められるか。白紙に付きたる墨痕は拭い去られるか、絶ちたる緒は跡形無く継げるか……」「オイ〱吉川、そんな理屈を云うた処で判る奴じゃ無い。夫れよりも早く目を覚ましてやれ」「如何にも飯沼の云う通りだ。オイ吉川左様な議論は廃してヤッて仕舞えッ」と云うが早いか三人の者は三方から、スラリと抜いて切ってかゝるに「是れは理不尽な」と軀を転した桜田、仕方が無いから是れも一刀を抜いてチャリンと受けとめる。こうなっては吉川も已を得ぬ。散々言葉で苦しめた後、討ち果そうと思うて居ったのが其余裕も無い。是れも抜いて三人に力を合す。前後左右に敵を扣えた桜田は最早一生懸命となった。獅子の荒れるよう、騎虎の狂うよう、敵を倒すより身を防がん為めに四方に手酷く受けては切り、切っては受け、凄まじく大刀を振り廻す内、先ず飯沼の肩口から乳にかけてバッサリ切り下げる。続いて右に廻った吉川の胴車を横に払った。二人は意外の痛手に忽ちバッタリ倒れる。是れはッと驚いた二名は聊かひるむ透を考えた桜田、続いて北島の右の手首をスッパと落したので、いよ〳〵面喰った北島、今は敵わぬと朋輩の援けを求めに走った。残るは一人だ。然も此の一人は武道に於て四人中最も劣た腕であるから、殊更ら危なげの無い処へ逃げ〳〵廻って居っては時々怖わぐ〳〵チョッカイを出して居った為め今迄満足に居った。夫れが自分一人となっては元より支える力が無い。北島の走ったのを見て俄かに怖気がついて是れも忽ち逃げ出そうとする。が桜田も抜かぬ内は兎に角、抜いて二人まで倒した今、最早夜叉の荒れたと同様、一人も逃がさぬと思うて居る処へ北島が逃げ、又た此奴が逃げては元より助ける筈が無い。「待てッ」と追ッかけて後からサッと力に任して切り下すと、頭の脳天から尻の股まで一直線に切り割れ、二三間其儘バタ〳〵と走って軈て二ツとなってバッタリと倒れる。と此の隙に北島は韋駄天走りに駈け去ったので後には敵の影も無い。が暫らく四方を見廻した彼れ、其儘海月楼に帰ろうとしたがフト首を傾けた。今逃た一人、必らず朋輩を語ろうて仕返しにくるは必定。殊に事は海月の娘の身から出来た事、迂闊に帰える訳にはゆかぬ。のみならず事の如何に拘わらず三名までも傷のうた上は其儘では過されまい。と云うて前途望みのある身体であれば斯かる事柄から罪を受けるは快よく無のは元より、されば是より直ちに何国へ免れねばなるまいと考えた。が是れも薩摩の国では自由に行うことが出来ぬ。他藩の者を猥りに国内へ入れぬ風習であるだけ、其国から出る者についても厳重な取締りを行われておる。国内藩士の証明か、或は相当の手続きをふまねば容易く出ることが出来ぬと云う事であった。然も其証明、手続に就ては差当って求めることの出来ぬ身の上、元より滞在中昵近になった藩士も尠くは無い。けれども今は其同僚の者三人まで倒したとして見れば如何に誼を結んだとは云え此方は他藩の浪人である。云わば旅烏である。同僚を捨てゝ素性も知れぬ旅烏をかばう藩士の無いは知れ切ったこと。又た手続きにあっては海月楼へ頼めば無論出来るであろう。なれども是れとても迂闊に行けぬ。元より主人は未だ其事情を知るまいけれども逃げた一人は軈て海月楼に押し掛けて来るは必定。若し其場合いよ〳〵身の破滅を見ねばならぬ仕儀、と考えては身の置き場が無い。さればと云うて此処にジッとして居れば益々危急の迫るを待つようなもので是れ又た迂愚の極であると思案の内に思わず足を進めたのは吉之助の邸であった。門前へ来るまでは無我夢中であった彼れ、フト気が付けば西郷の門前である。其門前である事を心に覚えて初めて思い浮べた。「如何にも是れは西郷氏に申し入れるより策はあるまい。西郷氏は自分が当地に足を止めて以来の友、未だ日も浅いとは云え身の心中は察して居られよう。且つは同志の士として義侠の厚き人。元より若気の至りとは云え身の罪は軽く無いが乞えば良策を得られぬでもあるまい。尤も助けられずとも同じ罪を受けるならば西郷氏によって処刑をされよう。尚其場合若し願い得る様ならば武士の情、切腹の許しを受け、氏の介錯を頼むことゝしよう。何はともあれ此処まで来た以上、先ず氏の智慧を借り、且つは情けに接しる外道はあるまい」と咄嗟の間に心を定めて吉之助を訪い、舟の中の話から今の出来事を詳しく語って罪を詫び処置を乞うと、吉之助はカラ〳〵と笑って「ハッ〳〵〳〵、桜田氏には大人気無い事を云われる。国家の大事を身に負うた天下の志士が道理を弁まえぬ若侍い僅か三名ばかりと命を代えようとは何事でござる。成程お品とやらには気の毒ではあろう。併し若気の誤りとしては事こそ違え有り内の事ではござらぬか。殊に昨夜の今日、自ら其非を覚って懺悔致されては咎むる処はござるまい。過ちを改むるに憚かる事勿れと云う事もござれば気に掛けさっしゃるな。又た貴公を討ち取ろうとした四人の者、彼れ等は別に人の非を訊す役目ではござるまい。其役目では無くて態々其事を行おうとするのは自分にも野心があったからの事。早く申さば嫉妬の固まりじゃ。兎角人間には嫉妬と云う奴は至極禁物、決してよくないものである。処が貴公は其宜くない嫉妬の固りを斬られたとして見れば、世の中の為め賞めこそすれ決して咎むべき点はござるまい。先ず心を安くさっしゃれ。及ばずながら拙者万事引き受けた」と快よく呑み込んで世間の噂が消えるまで数十日の間邸に隠まい、機を見て程よく免れさした大量に桜田も非常に徳として居ったのである。

此の桜田諸国を廻って居る内、君父から賜ったお暇の日限も迫ったので故郷の熊本に帰り、程無く父の家をついで此処に惣兵衛と名乗り、武道の師範役を命ぜられて太守の寵も厚く、勢い一藩の鎮となる程であった。が身の定まるにつれて吉之助の徳はいよ〳〵忘れぬ。延てお品の往時を思い起し、時には突然慰さめ状を態々出すことも屢々あった。

国臣は此の話を懺悔語りとして桜田自身の口から聞いた事がある。で今吉之助の身の上に関して危急の迫ったに及び、端なく此の事を思い浮べて惣兵衛の許へ急飛脚を立てたのであった。処が是れより先、大阪を立ちのいた町田梅之進及び今田、粟谷の三名は国臣の邸を発足した後足を熊本に入れ、桜田が諸国遍歴中に交りを結んだ因みによって其家を尋ねた。すると何分武道の師範と云うのであるから日々出入りをする城下若侍いが頗る多い。流石の桜田も手に余って居る処なので、幸い三名は幕吏の目を免がれようとして居る折柄、他に目的の地と云うて差当り無い処から、食客と云う訳では無いが此家に足を止めて桜田の稽古を手伝うて居る。其処へ国臣から使が来たので桜田ばかりか三名も共に驚いた。「オヽ是りゃ西郷氏の為めには油々しき大事じゃ。悪っくき幕吏共、何は兎もあれ救わねばなるまい」「されば、併し途中附き添うと云う事は六ツ箇しい。第一只今何れの辺を通られて居るか判らぬではござらぬか。のみならずヨシ夫れが判った処が余り多勢に附き添えば益々道中が目立つでござろう」「フム、如何にもそうだ。併し万一の事があってはなるまい。殊に平野氏から斯様な御手紙があれば尚更……」と云えば又た一人は「先ず兎も角も間道へ出て見よう。是れより南の方の間道で待って居ればよもや出会わぬ事はあるまい。彼方はブラ〳〵歩いて来られるに引き代え、平野氏の使は急飛脚を立てゝ来られたのでござろう。さすれば茲一両日は未だ〳〵此の近辺は通られまい。ナーニ幕府の役人と申した処で蠅虫同前だ。我れ〳〵四名の外西郷氏があれば数十の奴が来たとて蹴倒すは何んでも無いこと」と云う。側で聞た桜田はニッコと笑んで押しとめた。「何れも方の御説御尤も。併し平野氏は特に道案内として土地に精しき者を供に添えたと書いてあれば、我れ〳〵が待ち受けた処で到底会う事が出来まい。或は意外の処を通行せられるかも存ぜぬ。又た会う事が出来、幕吏に突きとめられ、首尾よく追い散らすと致そう。処が一旦は追い散らすにしろ敵は其人数だけではござるまい。仮令一時は退くと致した処が直ちに八方に報知を致し、行く先毎に新手を以て包まれたらば何んと致す。さゝ斯様の事は無論ござらん。なれども仮りに有ると致したならば何んと致される。敵は弱くも差しかえ引き代え新手を代えるに反して身方は僅かに数人の人々を以て初めから終まで向う事は誠に六ケ敷話しと存ずる。イヤ全く免れる道は無かろうと存ずる、のみならず途中は平野氏の添えられた案内者によられたなれば決して見現わされるような馬鹿な道は通行致されまい」「成程……」「御覧なさい此の手紙にも其意味は含まれてござろう。只だ国境の新関が気にかゝると書かれてある。されば先ず此の関所を無事に通過致されるよう計らえば宜しかろうと存ずる」「成程、是りゃ面白い。然らば西郷氏が其処を通られる前に当って関所の役人を悉く殺って仕舞いますかな」「まア待ち給え。貴公は随分乱暴なる事を申されるが、夫れは最後の話。殺るのは何んでもござらぬが先ず其処を通られるまでは成るべく穏やかに致すほうが宜しかろう。さも無くば是れが為め毛を吹て疵を求めるような事がござれば」「如何にも……」と感心すると一人が「今田氏、貴公は随分過激な気質でござるが万事桜田氏の御差図に従うては何うだ。なア粟谷」「ウン、そりゃよかろう。桜田氏、何かよい御考えござるか」「されば無いでもござらぬ。兎に角西郷氏が其処へ趣かれる一両日前に決行致そう。が委細は途中ゆる〳〵御話し申す。先ず明朝出立致す事に取り極め、夫れ〳〵御支度をせられたい。拙者も太守の手前、病気療養の為め日奈久の温泉へ入浴致すと云う事を申し立てに暫らくお暇を頂だこう」「何うも我れ〳〵は兎に角、貴公は御勤めの身を以て公用を欠いてまで尽くされるとは恐れ入る。若し御都合が悪いようでござれば其策略さえ御洩し下さるれば及ばずながら我れ〳〵三名を以て仕遂げ申す」「イヤ〳〵、其御言葉は辱け無うござれど、西郷氏の為めには拙者身命に代えてまでも尽くさねばならぬ義務がござる」「でござるか、でござれば貴公御越し下さるれば実は千人力……」

「ハ、、、、御褒めに預かっては恐縮千万……」

話しは忽まちの内に調うて其翌日四人の人々は熊本の城下を後に南を差して出立した。

◎暫らく待たっしゃい役目によって聊か調べる

茲に幕府は昨今諸国に勤王の声盛んに唱えられる様子に由々敷大事と譜代の諸侯、さては佐幕派の諸士に令して是れが撲滅に努めようとした。で先ず其本拠として居る京都を物色し、次で諸国に及ぼしたが、其命を受けた幕吏中、大阪の者は西郷吉之助を逸した事が心外でならぬ。殊に夫れが川口から船に乗ったと聞いては無論本国に帰った者と推定したから直ちに九州路の手筋へ遽かに其旨を伝えて厳しく詮議をするよう云い添えた。尤も今であれば電信電話の便によって直ちに其要慮をつくす事が出来るけれども其時代は乗馬で駈けたのは云う迄も無い。是れによって日頃将軍家の為め一廉の忠義を尽くそうとする連中、目を光らして往来の者を捕え一々に厳しく調べる内、此処に肥後薩摩の国境へ夥多の家来を引き連れて新関を設けた者があった。此の国境は薩摩に入る唯一の要路で、街道間道の区別無く是非此処を通らねば国内に入る事は出来ぬ処。此処にさえ関所を拵らえて頑張れば彼れ吉之助、国へ帰るとすれば是非通らねばなるまい。己れ捕えずにおこうかと油断無く見張って居ると或日四人連れの侍い、姿風俗は何れも薩摩隼人と見えるのが、悠々と通ろうとする。殊に其内の一名は眼鋭く、肉はブッテリと太り、兼ねて聞く吉之助を思合される。普通の目で見てさえ夫れ、まして、百人の通行人を悉く猜疑の眼を光らして居る役人は一層是れに疑いをかけた。「ヤア夫れなる御人、暫らく待たっしゃれ。役目によって聊か調べる」「ナニ、拙者を調べる。何の要あって左様に申される。拙者等は鹿児島御城下の者。処用あって暫らく遠方に旅行中、此度夫れが果てたるによって久々に帰国致す筈。決して御咎を受くべき筋がござらん……各々方、懸念無く通行致されえ」と云うのは紛れも無い熊本を立った桜田惣兵衛であった。「黙れ、其方等は要事無くとも此方にある。先ず姓名を名乗らっしゃい」「我れ〳〵は取り調べを受くべき筋もござらねば又た軽々しく姓名を名乗るべき理由も無し」「扣えッ、役目の表姓名を聞かずして通行致さす事罷りならぬ」「ハッ〱さても六ケ敷き仰、左程役目の表を以て調べられる以上、名乗らすばなるまい。なれども拙者別段犯したる罪はござらぬが軽々しく姓名を名乗ってまで此の処を通行致さねばならぬと云う程でもござらぬ。左程五月蠅きことを申されるならば此処を通らぬまでの事。何うも御苦労でござった……何んと各々方御聞及びの通りにござれば折角ながら是れより引っ返し申そう。左すれば真逆姓名を名乗るにも及ぶまい」と云うのは紛れも無い桜田惣兵衛。「如何にも、関所役人の分際を以て我々の姓氏を訊そうなぞとは無礼至極の振舞、今田、粟谷、何うだ先生の御言葉に従うて再び引っ返えそう」「オヽ元よりの事、先生が御引っ返えしになる以上、我れ〱等進んでも致し方がござらぬ。さア先生には先ず」「オヽ……」と四人は忽ち踵を返えして元来た道を戻ろうとする有様。関所役人は此体を見て威丈高になって罵しった。「やア待たっしゃい、姓氏を明白に申されざるはさてこそ迂散嗅き曲者、其方等は鹿児島浪人と申されたな。さすればいよ〱幕府に仇なす似非武士に相違あるまい」と云う声に桜田は目をむいて怒った。「黙れ、似非武士とは何を以て云われる。事によれば如何に役人なりとも其儘には許さぬぞ」と今しも歩みを運ぼうとしたのを止め、四人は共に突っ立った。此体に役人の追究は益々急である。「ヤア扣えッ、口論は無益、夫れ者共召し捕れッ」と差図の下に捕手の面々バラ〳〵と掛け寄って四方からおっ取り巻き、手ん手に十手を振って打ち下そうとする時、「待たっしゃい、是れは理不尽な事を致される。我れ〳〵は何等身に覚え無き清廉潔白の者、尠しも犯した罪はござらぬぞ。人違いして後悔致されな」と云う桜田の声に次いで役人は大口開いてカラ〳〵と笑うた。「ハヽヽヽ、盗人猛々しいとは其方等の事、罪なしとはよくも云えたり。将軍家多年の恩誼を忘れ、大義の名の下に非理を働く西郷吉之助、及び是れに付きそう三名の者、云い訳あれば穏やかに致せ」

役人の声に四人は窃かに微笑んでニッコと笑うた。軈て桜田はさも驚いたらしく装おうて「フム、如何にも拙者は西郷吉之助なり。斯く知られたる上は最早容赦致し難し。夫れ各々方……」と云うより早く手近の捕吏一人を掴んでハッタと投げると、続いた町田、今田、粟谷の三名は是れも力の限り四方を取りまいた捕吏に打ってかゝる。役人は驚ろいた。驚ろいて必死の勢いで差図をして居るが、其猛烈の様に当りかねた捕吏は恐わ〲四方を遠巻にして、声だけは八釜しくかけて居る。此の体を冷やかに見た桜田は「アハッ

〳〵、口程にも無い者共、左程まで拙者共を捕えたくば何故穏やかに申さぬ。切り捨てるは安きも生命だけは助けてやる。さ、是れだけ手並を見せてやれば最早よかろう……各々方何うだ一応後学の為め幕吏共の調べ方を見るのも一興でござろう」「エッ、夫れでは何う致すので」と他の三名は桜田を見て驚く。「ナニサ、一寸召し捕られて見るまでのこと、ハッ〳〵〳〵、是りゃ関所役人共、訊問の筋があれば何れへなりと案内致せ。なれども無礼を致せば許さぬぞ」「エッ……」「ハヽヽヽ、呆れるに及ばぬ。尤も役目の表とあれば縄を打っても差支えが無い。さ早くせぬか、何を愚図〳〵致す」

今までの勢いに辟易した役人及び捕吏の面々は桜田以下の人々が俄かに穏やかに、自から手を後に廻す様を見て半信半疑、心悪る〳〵漸くの事に縄を掛け、さて手挟んだ両刀を取り去ろうとすると、四人は等しく目を見張った。殊に其内の桜田は大喝其者を叱り付けた。「是りゃ無礼を致せば許さぬぞ。何故両刀を奪い去る。其方等も武士の下役にしろ役付いたる上は是れが武士の魂いと云う事を存ぜぬ筈は無かろう。然るに此の魂いを取ろうとは言語同断の挙動。自体此方等は其方等の為めに召し捕れたのでは無い。此方から召し捕してやった事を存ぜぬか。馬鹿ッ、かゝる縄は切ろうと思えば直ちに切れる。さ何うじや是れを断ち切って今一応刃向うが承知か」

其一喝と権幕に驚いた捕吏と役人、互いに顔を見合わしたが、軈て役人は捕吏に云い付けた。「両刀を帯せしめしまゝ縄を掛けるは違法であるが、特別でもって赦して遣わせ」と云う言葉を桜田は尚も咎めた。「何んと云う。特別を以て許せ……是りゃ夫れは誰れに向って云う言葉じゃ。拙者等は其方如きに特別の詮議を受け、或は許しを受ける者では無いぞ。拙者等が斯く容易く縛についてやったは畢竟其方等に対する情けである。されば心の内でなりとも一言の礼を述べ、好意を以て報うべき筈に拘わらず、反って無礼の一言何事じゃ」

役人はいよ〱恐れ入った。「ヤッ、是れは役目の表誠に無礼を申し上げた。何うか意にせられぬよう、其儘御越しを」と痛いものに触るよう、賺しながらも関所内の番所に連れ込み、礼を厚うして調べにかゝった。尤も用いる言葉なぞも特に注意をして、内心は兎に角、表面は普通の囚人扱かいで無い事は元よりであった。「さて西郷氏、貴公には気の毒ではあれど、江戸表より兼ねてよりの仰せ。万一貴公が此の処を通行致されたならば召し捕れとの事でござれば役目の表已を得ず無礼仕った。拙者貴公に対して悪意を挿さんだ訳ではござらぬ意にせられるな」「ハヽヽヽ、何を以て心に致そう。主を持つものは主が大切じゃ。主の心が曲って居れば家来も曲らねばならぬ世の中……オット是れは貴公の事を申すのでは無い、まず物の譬がさ。拙者も其事を存じたればこそ殊更ら縄目を頂戴致した訳。免れようと思えば苦も無い事でござったなれど、貴公が仮令趣旨が如何あろうとも兎に角譜代恩沢を蒙った幕府へ尽くされる心に免じて斯くの仕儀」と云うのは西郷に擬した桜田の言葉である。役人は顔を顰めた。が仕方が無い相変らず温柔の手段を執って居る。「其御心根誠に辱け無い。就ては貴公御供の面々は何んと申される御人」「オヽ彼れ等姓名でござるか。あれは拙者の供人ではござらん。同志の方として窃かに畏服致して居る友人。此処に居られるは楠木正成氏、次ぎは名和長年氏、端に居られるは児島高徳氏でござる」「是れ西郷氏、貴公が好意を以て拙者如きものゝ手に縛につかれたのは辱けのうござるが、御尋ね致すことに就ては何うか真面目に答えられたい。冗談を仰せられては甚だ困る」「是れは怪しからん。不肖西郷吉之助生れて以来冗談なぞとは露聊かも覚えがござらん何を以て左様に仰せられる」「イヤ御立腹では恐れ入るが、此の御人の姓名、楠木正成、又た名和長年、児島高徳なぞとは何うも全くとは存ぜん。夫れ等は何れも南朝の忠臣としてあられた古将の姓氏でござれば……何うか御本姓を承わりたい」「是れは何うも怪しからん。只今申したのは何れも本姓であって他に申し上げようもござらぬ。なれども南朝の忠臣と姓氏が同様でござれば是非偽名を申してまでも他姓を名乗らねばなりませぬか。先ず是れを伺いたい。次第によれば如何ようとも古人に紛わしからぬ偽名を申し上げる。先ず是れなる楠木氏を大日本の国西海道は九州の南部薩摩国……是れは本姓でござるぞ、まだ〳〵名を申し上げる。エート島津侯の幕下鹿児島城下浪人之助、是れが名だ。次ぎの名和氏は瑞穂の国は……」「ア、待たっしゃい解りました。夫れでは御三名共楠木氏、名和氏、児島氏に間違いがござらぬな」「如何にもござらぬ。若し御疑がいなれば鹿児島の御城下を御尋ね下されたい。併し申しておくが万一御尋ねになるような場合充分の御支度をなさらねば是れ等三名及び拙者等の此の処に繋がれたる事を若侍いの耳に入った場合、気の毒ながら其儘には捨て置くまい。失礼ながら貴殿は勿論、御詰め合せの方々まで生命は覚束ないかも存ぜぬ。此儀予じめ御注意を致しておく」「イヤ、間違い無くば別段尋ねにも参らぬ。就ては御気の毒ながら明早朝取り敢えず此地を出発して熊本表まで御送り申すから左様御承知ありたい」「フム、何れは其儀承知を致しておる。併し拙者を初め楠木、名和、児島の三氏は久々に故国の土を踏んだのでござれば拙者の好意を御認めになった貴殿、又た拙者等に対してセメテ七日の間此処に置かれたい。元より此儀御承諾さるれば決して逃げ隠れは致さぬ。最早此地を去れば到底再び帰えれぬ我れ〳〵、長の別れと思えば何んとなく御国が恋しゅうござれば何うか許されたい。が是れをも御聞入れ下されぬと致せば已を得ぬ、是れより熊本表へ参り、次で江戸表へ参る長の道中或は如何ようの事有るかも存ぜねば、此儀予じめ御承知下されたい」「アイヤ先ず先ず御待ち下されたい。何も是非明早朝出立致さねばならぬと申すのではござらぬ。たゞ貴公の御意を得たまで。御国の土地が懐かしいのも万々御察し申す。就ては長く此の処に御止め置き申す事は拙者専断を以て計らい兼ねるが五日七日位の事でござれば如何ようとも含み置くでござろう。就ては御窮屈は御察し申すなれども拙者役目の表何卒許されたい」「御配慮辱け無い。元より御役目の儀万々御察し致して居ればこそ自から進んで縄目を受けた我れ〳〵、是れ以上粗略にさえ致されずば穏やかに仰に従がうでござろう」「元より決して粗略には致さぬ。拙者権限を以て出来得る限り御扱かい申せば」と遂に関所裏手へ新たに建てられた獄屋へ入れられた。なれども恐気の充分ついた役人等は、只だ戦々兢々と万事取り扱かうので尠しの不自由をも感じることが無かった。

◎捕えられたのは甚だ愉快

桜田等繋がれた以来、関所の固めは頗ぶる寛かとなった。厳めしき構え、尠なからぬ捕吏は殆んど飾り物同様で、通行の人には何等目を付ける処は無く只だ獄屋の方にのみ気を配っておる。処へ吉之助は国臣から付けられた供人を連れて通ったのは其三日目。人の顔を確と見分かねる夕間暮であった。昼間ですら通行の者を調べぬ関所、まして夕間暮は殆んど只だの道を歩むと少しも変りがなかったので、吉之助自身ですら不思議に思うた程である。兼ねて新関所では通行の人々を厳しく調べると云うことを道中で聞た彼れ、既に充分の用意をして居ったに拘わらず、案外寛かなので反って心悪く思うた程であった。此んな風で何事も無く久々で故郷の土を踏む。身内の人々にも逢い、和泉公に御目通りをなし、太守にも拝謁を仰せられ、同志の諸士とも往復をすると云う有様で三日四日は何時しか過ぎ去った。

話しは戻って関所に自ら捕えられた桜田初め四人の面々、身は獄屋の中にありとは云え至極気楽なものであった。有りったけ勝手気まゝ並べたてた上、若し役人が是れを承諾せんか、又た聊かの無礼でもしようものなれば忽ち目をむいて怒りちらす。夫れだけなればまだしも縛られた縄を断ち切る、獄屋とは云え俄か拵らえの建物、甚だ簡略なものであるから是れをも壊さんばかりの権幕を示すので殆んど手にも足にもおえぬ。と云うて是れを取り鎮めるだけの力が無かった。否其番所だけでは夫れだけの力が疑わしかったのである。夫れとも強て抵抗するものなれば兎に角、云うがまゝに従ごうてさえ居れば別に逃げると云う恐れが無いのみか至極柔順なので、暴を以て当るよりも僅か七日の間、聊か威権を失するとも懐を以て是れを御しようとしたのであった。

此んな風で囚人を繋いであるのでは無く反って其守をして居るような有様で只だ其日限の来るのを待って居った役人等、かくして漸く六日の日は過ぎた。其六日目の事である。獄屋の番卒も此頃では安心したか、番と云うのは名ばかりで夜に入れば溜りに這入って同僚と雑談に余念が無い。此の体を察した四名の人々、四辺に心を配って窃かに語る処があった。「各々方、此処に来って今日まで最早六日に相成るが定めて御窮屈でござったろう」と云うのは桜田惣兵衛。今田は夫れも皆まで聞かず打ち消した。「イヤ其御懸念は御無用、窮屈処か甚だ愉快でござる、のう粟谷……」「ハヽヽヽ如何にも今田の云われる通り窮屈処ではござらぬ。斯様な調子でござれば十日二十日居るとも苦しくはござらぬ」「ハッ〳〵、夫れ聞て拙者も安心仕った。何分万事拙者に任された為め斯様に致したものゝ万一各々方の心中、或は今となって御異存でもあってはとの考えから一寸御尋ね致したまで」「是れは桜田氏の御言葉恐れ入る。元より熊本出立以来の事々は万事貴公の御方寸に任した以上、如何ようの事がござろうとも元より一言の苦情を申し上げぬ筈。況して当処に参った以来召し捕られたとは云え気儘の仕放題。時に役人共の慌て恐れる様は夫れ以上の憂晴しと相成り、西郷氏の為めに犠牲に致すべき身としては聊か勿体ない程の仕儀」「今更ながら厚き御心中、失礼ながら感服の外ござらぬ。処で差当って御協議を致さねばならぬは余事ではござらぬ。各々方も御承知の通り、当処に七日間差しおかれる筈。今日は其六日目であれば、明日一日を残して明後日は是非送られずばなるまい。就ては西郷氏には此程来如何に道中捗取られぬに致しても最早帰国致された事と存ずる。処が各々方と此処へ殊更ら捕らわれたと申すは畢竟西郷氏を無事に通過致させたいと云う意志に外ござらねば、同氏が既に帰国致されたとする以上、此儘繋がれて居る訳には参るまい」「如何にも御尤もの仰せ。すれば此の処を首尾よく免れる御工風は……」「されば其儀に就て御協議致す。尤も拙者に於ては最初より予じめ覚悟がござった」「フム、すれば其御覚悟によってせられては何うでござる。元より拙者共の身を万事貴公に任した上は只だ何事も仰せに従う筈」「ヤ、不才の拙者夫れ程まで思召し下さる段千万辱け無い。夫れでは此の暗を幸い今宵此の処を必死の決心を持て打ち破り、直ちに鹿児島の御城下に免れねばなるまい。各々方にも左様御承知をあられるよう」「ヤッ面白い。元より西郷氏の為め、身に代えても御助け致す決心でござったれば充分に働き申す。何れ役人共は騒ぎ立てるに相違あるまいなれども既に手並は先般の時に徴して知れて居る。充分やりましょう」と忽ちの内に話しが定まると、気早の町田先ず縛られてある縄を総身に力を入れてプッツリと切る。続いて桜田、今田、粟谷等の人々何れも苦なしに断ち切って時刻を考え、獄屋の柱を壊ち初めた。無論獄屋と云えば大層だがホンの仮建ちに過ぎぬ。夫れのみか最初役人の計らいによって両刀は許されて居るから力の及ばぬ処は是れによって斬ると云う風に四人が手ん手に取りかゝったので二時経たぬ内に人の一人、二人が訳なく抜けられるような逃道が出来た。是れによって桜田は「オイ、待ち給え。是れで充分だ。番人が気の付かぬのを幸い是れより直ちに免れよう」と指図の下に僥倖よしと四人の人々、夜に紛れ、足音を忍んで窃かに此処を免れ、日も無く鹿児島に着いて吉之助に逢い、互に無事を悦こびあいて酒宴を催おすことゝなったが、軈て辞し去ろうとするに際し、吉之助は深く厚意を謝した後「何うか各々方にも此の後とても同志を集め王家の為めに尽されたい。尚拙者は幕吏の静まるを待て窃かに京都へ登る筈であれば其際再び拝眉の期があろうと存ずる。何はともあれ御一同には御身を大切にせられたい。今日の身軀は自分のもので自分の自由になり申さぬ。身体髪膚悉く王家のものでござれば」と話しの末、別れに望んで大盃を取り寄せ四人の中に置いて、互いに義兄弟の約を結ばしめた。

◎重大な使者の役目

此に清水寺の月照上人、吉之助と別れて以来身の出家なる為め、幕吏も厳しく追跡せぬを幸い寺堂に籠っていよ〳〵王家の為めに心を寄せ、慷慨の情胸に迫った時には隠れたる同志を迎えて是れと語り、或は近衛公の御館へ伺候しては時事を談じ計画を運らして居られたが、或日公の御前へ伺候の節、何かと御言葉が下がった後、一段声を窃ませた公には「時に月照、御身僧侶の身とは云え日頃王家の為め心を悩まされて居るは麿も嬉しく思うぞ」「ハヽッ、是れは有難き御言葉何んとも恐れ入りまする。尤も身は世捨人とは申せ生ある内は王家の民にござります。民として其君の為め尽くすは本分にござりますれば出来得る限り力を注ぎとうはござりますなれど、何分取るにも足らぬ一布衣の境遇、殊に四面は申すも恐れ多き次第ながら密雲閉じ……」「イヤ〳〵、其心慮察し入る。就ては聊か相談致したき儀がある。聞てはくれまいか」「ハッ、如何なる儀かは存じませねど身に適いまする事にござりますれば」「フム、余の儀では無い。御身も知られる通り昨今幕府の専横甚だしく、王家は有って無きが如く扱かわれ、延いて誠に恐れ多い次第であるが、上には震襟を悩まされること夥たゞしい次第じゃ」「ゴッ、御尤もでござりまする」「然るに天下三百の諸侯有れども何れも幕府に従がわざれば他は英明果断を欠き、天朝の為めに諮ろうとする者は暁の星にも足らぬ有様。然も是れとても幕府の権威に恐れ事を計ろうと云う勇気は見る事が出来ぬ仕末」「誠に恐れ多い次第にござります」「夫れが為め国内に在っては慷慨の士漸く現われ、共に刃を磨いで事を挙ようとする折柄、今又洋夷の来航するものあって外患併び起そうとして居る。かくの如きは畢竟幕府の政其当を得ざるのは勿論、既に其根底に於て腐朽した結果に外ならぬのである。就ては天朝の為め又た府政の為め此に柱石となるべき者を求めずばなるまい」「如何様、御尤もの御説……」「で此儀について過日来深く考えた。考えた結果漸く思い浮べたのは先ず水戸の斉昭より他にはあるまい。先般斉昭より公儀を幕府へ奉ったものを見たが王家の事に関し又た幕府の事に関し其至誠紙裡に透徹し居った其言其句は悉く麿の心中を描いたものゝ様に思われた。されば今麿が国事に就て諮り、王家の事を議するは斉昭によって果しとう思うぞ。就ては御身の志し夙に麿も力と致して居る折柄、幸い麿の密使となって彼の地に赴いてはくれまいか。尤も此の事を御身に托するは誠に気の毒ではあるけれども他ならぬ使者、迂闊なる者を遣わす訳になり兼ぬれば」「ハヽッ、恐れ入りまする。取るにも足らぬ愚僧にかゝる大事の御使者を御申し付け下さる御芳志、有り難く御受けを致し度は山々にござりますれど、何分朝権に関する大事の御使者と致せば、年已に老いたる愚僧、途中万が一にも誤まちありましては申し訳ござりませぬ。と申して国家焦眉の急にかゝわりましたる大事の折柄、是れが御受けを致さぬは、国家の為め誠に残念に心得ますれば、愚僧に代り此の大任を托すべき奇傑を御推挙仕りますれば是れに依って御下命の程仰ぎ度う存じまする」「奇傑……御身の推挙とあれば元より疑う処はあるまい。して姓氏は何んと申し如何なる者である」「ハッ、薩州の藩士で兼ねて勤王の誉高き西郷吉之助と申す者」「オヽ西郷吉之助、かね〴〵錦小路より其名を聞て居る。其者当今何れに居る」「只今は郷里に居りますなれども愚僧より仰を伝えますれば悦んで参るかと存じまする。他に当地在住の志士は夥多ござります、とは申せ、大任を御托しになりますは先ず吉之助を措て他に求め難かろうかと察しますれば……」「フム、御身が間違い無しと申せば麿に於ても異存は無い。さらば直ちに呼びよせてくれるよう」「畏こまりました」と御受けをした月照上人、清水寺へ帰られた後、薩州まで遣わす使いについて心を痛めた。と云うのは外でも無い、何がさて幕吏の志士を悪むことは甚だしいが上、吉之助は大阪以来特に地を狭めて、迂闊に郷里を踏み出せば忽ち奇禍に身を入れるは当然、夫れのみか是れに使するものですら若し現われた場合、偏狭な幕府は不測の難を其者に蒙むらせ、延て累を公にまで及ぼさぬとも計られぬ。さすれば大事は益々大きくなって遂に取り返しのつかぬ事となるやも知れぬと思うたのである。でいろ〴〵心を痛めた末、漸く選任したのは上人恩顧の従僕勘三郎と云う者であった。此者性来の律義に加えて力量あり、且つは早道の達人と云うので是れに命を含め、書面を持たして薩摩国へ遣わすことゝなった。
話代って吉之助は郷里に帰って日々同志の者と来往し、時事を談じ国事を議して居ると
は云え一方心は常に都にあって、嘗て指導を垂れられた月照上人、或は面謁の栄を得た錦
小路卿、さては畏こき雲の上までも通うて常に平かなる折とてはない。或日和泉公の御前
へ伺候し、何かと御話しの後、邸へ帰って居間に籠り書見に余念の無い折柄、突然面談を
申し込んだ者がある。時節柄怪しく思わんでも無いが、敵味方に付ては常に牆壁を設けぬ
気質であるだけ、直ちに案内せしめ、素破と云わば切り捨てようと、用意の大刀を側近く
置いて待ちかねる。其処へ恐る〳〵通ったのは兼ねて京都滞在中顔馴みである月照が従僕
勘三郎であった。吉之助は其顔を見て呆れるより寧ろ驚いた。「オヽ其方は清水寺の……
さては上人には何か変ったことでもあってか、心掛りである。先ず是れへ来い、して何ん
と致した」「ヘッ、恐れ入りまする。実は御上人より急ぎの御使い」「ムヽ、すれば上人に
は無事で在られるか。先ず夫れ承わって安心致した。なれども急ぎの使いとは……」「ヘ
ッ、是れを御覧下されませ」と懐中から取り出した一通の書面、吉之助は取る手遅しと封
押し切って読み下すと、かねて見覚えある上人の筆で、

（前略）此度畏こき方よりの御指図により至急秘密に御面談致し度儀出来致し候付、此の書面御披見になられ候上は何卒速刻御上京有之度委曲拝眉の上万縷可申述（下略）

と記されてある。「オ、是れは上人直々の筆、御苦労であった。して用件の趣は其方何共聞き及びはせなんだか」「ヘッ、只だ此の御手紙を少しも早く直々御手渡し致すようとの御言葉でござりましたが、其他に何とも……」「フム、ともあれ御苦労であった。今宵は一泊致せ。明早朝拙者も共に参るであろう」と其夜は勘三郎を一泊させ、翌朝連れ立って鹿児島城下を後に京都へと向うた。処が何分幕吏の詮索非常に厳密なので忍びくに道中するので路は中々に捗取らぬが、幸い何等の出来事も無く、無事に京都へ着いて月照上人に面会すると上人は待ちかねて一間へ通し、近衛公の旨を伝える。是れを聞き西郷余りに任務が重いので「不肖吉之助を左程まで御用い下さる段は辱けのうござれど、雲深き辺りよりの御下命とすれば余りに任重く、殊に昨今幕吏共が注目一しおに厳密を加えし折柄、万が一にも過ち有りたる場合、忽ち貴僧に累を及ぼし、貴僧の累は軈て近衛の君に伝わり、近衛の君の御迷惑は延て畏こけれど尊とき辺りにまで至るようの事ござりましては事王権の消長にも関するかと察せられまする。元より不肖、万一の場合には身を以て其当に当るべきは勿論でございますれど、遠く慮ぱかれば余りに恐れ多く……」と辞退するを「イヤ〳〵其懸念は無用、愚僧及ばずながら貴公の性質気質を見込んだればこそ推挙致したのなれば、枉げて承諾ありたい」と強ての勧めに今は已を得ぬ。公よりの密状を納め、旅の装おいを町人の姿に改め、都を後に東の空に向うたが、風声鶴涙、虫の声にも心をおき、道の半にも達せぬ内、余りに厳重な手配を聞て本意なくも引っ返した。軈て上人に遭うて「何分にも幕府の手配り厳重にて通行するべき道無きまでに行き届きたれば、危険を犯して強て辿り行く途中、万一にも召し捕られたならば拙者の不覚は元より覚悟なれども是れが為累を公にまで及ぼしては恐れ多く、旁た卑怯に似たれども忍び難きを忍んで止を得ず引っ返えし申した。何うか此儀悪しからず御伝え下されたい」と語るを聞た上人「貴公が左程までも申されるなれば最早他の者を遣わしたとて詮ないこと。已を得ぬ其旨御伝え致そう」と速刻近衛公の御殿に推参し、其儀を詳しく言上すると、公にも非常に憤慨せられ「幕府の圧制悪みても余りある。なれども此場合何ん共致し方が無い。が吉之助とやらよくも前途を見透して立ち帰った」と御賞めの言葉と共に尠なからぬ引出物をさえ賜わった。

◎執念深き役人は何処までもと追跡する

爾来勤王の声が次第に盛んになるに連れ、幕吏は志士を追うこといよ〳〵急となった。苟しくも是れを口にするものは悉く余さじとの有様で、月照、吉之助の身の上にまで及ぼうとした。が月照は僧侶の身、吉之助は近衛公の仕人、序でに云うておくが当時幕吏の追窮甚だしかった為め、月照の計らいとして吉之助を近衛公の仕人としてあった……と云うので俄かに手を下しかね、たゞ其挙動を見て居るのみであったが、然も其急は漸次に迫ってきた様子。是れが為め或夜両名窃かに燈下に語って互いに嘆いた。「昨今幕吏の追窮益々甚だしき様子。就ては万一御身に何等かの事があっては申し訳ござらねば兎もあれ拙者国許まで御供を致し、何れかに安全の地を求めて残念ながら当分御静養の儀然るべきかと察せられまする」と吉之助が云えば「其志し誠に辱け無い。一布衣の身、国家の為めに捨てるは元より望む処ではあるが、未だ志ざしを遂げざる内、幕吏の為めに捕われるも残念である。さらば御身の勧めに従がい何れへとも一時身を隠すことに致そう」と月照の言葉に「然らば一両日の内に此地を出立致そう」と話しが定って準備の最中、端なく尋ねて来たのは是れも薩藩の志士海江田武次であった。吉之助は海江田に向って此の話しをすると、海江田も元より異論は無い。「では拙者も御供を仕つる」と云うことゝなって、此で月照上人、従僕の勘三郎、西郷吉之助、海江田武次の四人は花の都を後に、伏見の宿に志ざした。無論此の道中抜目の無い幕吏は影の形に添うかのよう、付き纏うては今にも召し捕うとの形勢無いでは無かったが、吉之助の剛胆、訳も無く追い散した。

さて無事に伏見に着いた後、此処から川船によって大阪に下り、大阪も又た捜索厳密な模様に川口から船に投じ、赤間関に向うた。此の道中別に記すべき事が無い。数日の後、赤間関に着いて先ず問うたのは是れも当時勤王の士として有名の人、白石正一郎の宅であった。何がさて月照と云い、吉之助と云い、海江田と云い、何れも同志中の錚々たる人。是れが揃いも揃うて一時に尋ねたのであるから白石も非常に悦んだ。折柄居合した是れも同志の一人北条右門なぞと、互いに談じ且つ議する処が頗る多かった。殆んど徹宵の有様で夜の明けるをも知らぬ程。軈て告げわたる明けの鐘に気のついた吉之助「オヽ是れは思わず話に夜を徹し申した。定めて御一同御迷惑でござったろう。赦されい」「イヤ〳〵其御懸念御無用、国事を談ずるに一夜二夜は愚か五日六日語られるとも決して厭いは致さぬ」と云う白石の言葉に次で北条は「如何に白石の申される通り五日六日はさておき身命を抛つも尚且つ語りたき我れ等の意志、殊に前夜来の御話し今更ながら西郷氏の御高見に感服仕つる」と感嘆の声を洩らす。吉之助は微笑を含んで「是れは北条氏の御言葉恐れ入る。就ては卒爾ながら御両氏へ折入って御願い致し度儀がござるが何んと御聞き入れ下さるまいか」「是れは改まった御言葉、如何様の儀かは存ぜぬが、不肖ながらも拙者共に出来得る事なれば何なりとも申されたい」「実は余の儀ではござらぬ。御聞き及びでもござろうが昨今都の地は何分にも幕府の手当厳しき為め一先ず上人を鹿児島に御供申し、何れか安全の地を選んで当分御隠まい申そうと存じて兎も角も此地まで御連れ申した次第でござるが、さて承われば鹿児島の御城下にも佐幕の奴等は近頃随分ござる様子。従って迂闊に御移し申すことも出来かねるにより、拙者一先ず立ち帰った上窃かに君公に謁し、利害を説いて上人の事を申し上げ何れかへ御案内致そうと存ずるなれども御承知の通り四囲、幕吏を以て充された昨今、夫れ迄の間御身を托し申す箇所に就て実は苦慮致し居る次第」「夫れは〱御心労御察し申す。然らば上人御身を当分拙者共に御守護致せとの仰でござるか。イヤ承知仕った。当地も相変らず手当は厳重でござれど、ナーニ高の知れたる幕吏、何程の事がござろう。北条氏と両名確と御守護申し上げるによって、御心置きなく赴かれるよう」「ヤッ、早速の御承引辱け無う存ずる。然らば何分にも御頼み申す」と吉之助は只だ一人直ちに鹿児島に向けて出立する。続いて海江田は吉之助単身の道中気づかわれると云うことで其夜暗に紛れて是れ又た後を追うた。

処が幕吏の方では月照、吉之助、海江田なぞが京都を立って大阪に出で、大阪の川口から赤間関行の舟に乗ったと云う事を嗅ぎ出したから、直ちに赤間関を厳しく調べ初めたが五月計りは忍んで居ったけれども其手は既に白石に及ぼうとして居ると聞き出した正一郎、是りゃ大変と、早速北条と相談する。北条も驚いて「夫れは油断がならぬ。然らば拙者取り敢えず御供を致して博多まで落ちのびよう。博多には多少同志の方々が居られるから」と云うので月照、北条、勘三郎の三名は何れも姿を扮して五月余りで此地を出立した。

其頃福岡の藩中にも勤王の志士は尠く無かった。九州地方では薩藩に次いで勤王党の盛んな処であった。で月照が博多に足を入れたと聞き伝えては日々窃かに訪うものが頗る多い。一時長州に漂浪して居った当藩の士、平野次郎国臣も今は帰藩して居ったが月照の身を思い、殆んど付ききりの様に訪れて居る。然るに飽までも執念強き幕吏は又た此の博多の地に手を入れようと仕初めた。京阪地方で逸し、赤間関で捕え損うた幕吏は、毒蛇の如き焰を吐いて今度こそは免すまじと、博多の旅宿と云う旅宿は会釈なしに物色するに至ったが姿を扮した一行は僅かに其目を晦まして居るけれども、是れは一時の事で何時如何なる手段によって発覚せぬでも限らぬと云う杞憂から国臣は月照に説き、北条に語って兎もあれ佐幕派の比較的尠ない薩摩の国に足を入れるよう勧めると、両名も元より力として居る吉之助の郷里であるだけ、元より異論のあるべき筈は無いが、此に困ったのは北条右門である。此の右門、今は一介の浪人として各地を漂浪して居るとは云え、元は薩藩に仕えて居った身分で、故あって藩籍を脱したのであるから、公然は勿論、如何ようなる都合があるとも再び足を彼の地に入れられぬのみか、若し発覚したる場合、上人の名前に拘わる事あっては一大事であると心を痛めた。国臣も北条の身分を聞かぬでも無い。で自分が発議した後、夫れと無く右門の顔色を窺うと言葉には出さぬが、アリ〲と苦心の様が浮んで居る。此の様を察した国臣は「就ては北条氏、貴公も上人の御供を致してくれゝば誠に結構ではござれど、併し諸国の同志と打ち合せ事を致される儀に就て万事不都合と察せられるが何うでござろう」「されば、拙者は国許へ帰る儀に就て……」「アイヤ御心事御察し申す。貴公は当分尚此地に止まられたい。拙者不肖と雖も貴公の代りとなって無事御送り致すによって」「エッ、御繁多の貴公が……辱けのうござる。貴公が御送り下さるとあれば拙者も安心仕る。何うか宜敷く御頼み申す」「元より如何ようの儀ござろうとも幕吏の手に渡すような事は国臣命に代えても仕らぬ。此儀御安心下されたい。就ては昨今捜索厳しき折柄なれば明日とも云わず今宵此の浜より舟によって出発致すでござろう」「では御健祥に御祈り申す」と別れの酒宴を催おし月照、国臣、勘三郎の三名は夜の更くるを待って舟に投じ、博多湾から暗を縫うて浪路遥けき薩摩の国に向う。

◎悪魔の手はいよ〳〵近きましたぞ

博多の港を乗り出した月照等の一行、船路遥かに漕ぎゆく内、皎と照る月に照らされた夜もあれば、逆巻く浪に漂わされた事もあったろう。かくて漸く米の津に着いたのは安政五年十月の初旬で、吉之助と別れて以来八ケ月の永きに渡った。

さて米の津から藩地へ赴くには尚多少の道程もあるし、又た幕府が新たに築いた関所もある。で万一を慮ぱかって、迂廻にはなるが阿久松と云う処へ廻った。尤も此処にも関所は無いでは無いが調は余り厳しく無いと云う事を聞て居ったからであるが、案の定、田舎坊主と町人の道連と云う事で辛うじて通ることが出来た。

僅かに身を以て薩摩路に足を入れた一行。兎も角も城下外れの永平寺と云う寺院を仮りの宿と定め、従僕の勘三郎を先ず吉之助の許へ遣わすと、直ちに訪ねて来た吉之助、見れば当時の勇気は無く、眼に露をさえ宿して居る。国臣は先ず是れに目を付けて少からず心を悩ました。「オ、西郷氏久々でござった。此度の御心労、白石氏の書面、且つは上人の御話し及び北条氏から過日来御伺い致したが、何うも幕吏の専横今更らながら憤慨に絶え申さぬ次第」「是れは平野氏、申し遅れましたが実に上人には何共申し上ようも無い御気の毒の次第。就ては太守に言上致して安全の場所へ兎も角御案内致そうと存じたが万事水の泡……」と云う声さえ貼りがちの有様。国臣は思わず驚いた。「エッ水の泡……フム太守には如何ようの御考え」「されば、先般帰郷以後同志を説き、和泉公、或は太守に言上致し是れが場所の選定中、佐幕の奴等が此の事を聞き伝えて遮ぎるのみか太守には……」「オヽ太守には何んとせられた」「さ、此事に就て御心に掛けさせられて居る内、フト御病気に罹られたのが初めとなり、遂に去る七月の三十日に御逝去せられ、御世継は久光公となられて以来、臣下の者等が拙者の申請致す事共を途中で遮って伝えられねば如何に心を悩ましたりとて詮なく、夫れが為め今に御迎えを差し上げずに居った仕儀……御上人にも只今申し上げましたる様の次第でござれば何卒悪からず御賢察の程願い上げまする」と云う言葉に月照も涙を払い、太息を吐くのみである。吉之助は尚も言葉をついで「併し他国とは違い拙者も故郷の事でござれば決して御身に障りのあるような事は致させませぬ。其内何んとか工風を致し安全の地に御移し申すによって御心を安く御持ちになられますよう」と其場は慰さめて立ち帰る。後に月照、国臣の両名は少しも安き心が無い。過ぎ来し方を考え、是れよりの事業に思い浮べなぞして語り合す内にも只だ吉之助の報せを一縷の望みとして居る。かくて五日六日と過す内、或夜吉之助には旅の姿を甲斐〴〵しくして訪れた。月照、国臣の両人は其姿を見て訝しみながらも居間に通じ「西郷氏には此の夜中、殊に見受くる処、何れへか旅行でもせらるべき御様子。何か事でもござってか」「オヽ平野氏、誠に卒爾ながら先ず茶を一服所望致す」「ヤッ、余り御様子が変な為めツイ気に掛って失礼致した。暫らく御待ち下され直ちに差し上げるから」と国臣は座を立って庫裡の方へ向う。月照は沈黙の内に吉之助の顔を見つめて居られたが「西郷氏には只ならぬ顔色、殊に急ぎの様子と見受るが何か事でもござってか。様子は何んとでござる」と口を切ったについて吉之助は大息をついた。「上人、悪魔の手はいよ〱近きました。我れ〱の運命も残念ながら目の前に迫りました」「エッ何んと云われる」「されば、前刻或方より御使を以て窃かに仰聞けられたる次第には、予て我れ〱勤王の者に目を付け居る幕府は福岡藩中佐幕派の者に令を伝えたか昨今此地へ多勢に入り込みたるさえあるに、家中の同派の者を語り合い蟻も免さぬ有様を以て厳しき詮索を初めしとやら。就ては上人を初め平野氏、又た拙者共は此地に止まるは危険なれば少しも早う日向の国へ落ちのびよとの御沙汰。就ては先刻来窃かに船の用意を致してござりますれば直ちに御出立の御用意を下されるよう」「フーム、左程までも迫ったか。アー丶、御身と仮初めの交りから意を語り合い、何日しか刎頸の契りを結ぶに至ったも宿世の因縁でがなあろう、京都を立ち出で丶以来雨の日風の夜一日も御身の心を煩わさぬ事は無く、国事の為めとは云え今さら罪劫の深きを顧れば何んとも云うべき言葉はござらぬ。が不肖ながら国家百年の大計をもって心とする身、徒らに幕府の毒刃に触るは屑よしとする処では無いから、是れより御身の言葉に従い日向に落ちのびる途中、万一危急の場合に望まば何うか御身が一剣の下に頭を刎ねられよ。同志の手に倒れるはまだしもの望みであれば……」「アイヤ上人、左様なる事を只今仰らるべき時でござらん。少しも早く御支度を」「フム、好意辱け無い然らば……」と云う折しも、庫裡に茶の湯の支度して居った国臣、慌たゞしく飛んで来た。「タッ、大変でござる。只今俄かに門前騒がしき模様に戸の隙より窺えば何うやら幕吏の奴原召し捕りに向うた様子。此の場合躊躇致すこともなり兼ぬれば少しも早く裏口より落ち延びられますよう」と云う言葉に今更ながら驚ろいた両人「ウヽ最早左程までも迫ったか、然らば」と手近の荷物を納める間も無く勘三郎に担がせ、四人の人々裏口から密かに脱けて出で、吉之助の案内によって只ある海岸に来ると其処に繋いだ一艘の船がある。「何れも是れへ御召し下されい」と云いながら吉之助は先ず飛び乗るにつゞいて三人も漸く乗ると、命をうけた船頭は櫓を取ってエッサ〳〵と漕ぎ出す。見る間に岸を離れて御船崎まで乗り出したが、日は十月の十三日、中空にかゝった月は凄くも冴え、海上は風無く波穏に落ち行く身をも忘れて興に入らんとする折柄、此の崎を廻った処より潮流は逆さになって居る為め舟足はともすると海岸の方へ押し流されようとする。船頭は気をあせって居ると四人は殊更らに躍気となった。「オイ船頭何うした、船が進まぬじゃ無いか」「賃金は如何程でも取らす早くやれ」と吉之助国臣の両名が迫るけれども何分激しい潮流、如何に馴れた船頭でも思うように船は動かぬ。「旦那、今が注潮でございますから到底可けません。何うも此の調子では潮流の治まるまで此処で船泊りをするより仕方がございますまい」「ナニ、船泊り……何うだ押し切って充分に漕っては」「ヘエ、何分流れが激しいものですから折角漕ぎましても直ぐ戻されますので」「フ、、困ったな。が仕方が無い、が夜明までには治まるだろうな」「ヘエ〳〵、此の調子でございますれば程なく直りましょう。何うもすみませんが暫らく御辛抱を御願い致しまする」「フム、已を得ん。然らば直り次第直ぐ出すように致せ」「畏まりました」と船頭は碇を其処へ入れて船を止める。止めた後は船尾の方へ行って気楽に寝て仕舞う。が夫れに引き代え四人の人々は船が走って居ってさえ安き心の無い処へ、今又た此の有様を見ては心も心では無い。が流石の吉之助努めて平気を装うた。「マア〳〵何れも方御心安められよ。此処まで来れば寺に居るような事はござらぬ。心を痛められるよりも勇気をお付けなさい」とかねて用意の酒肴を取り出して盃をすゝめ、只管結ぼれた気を紛らそうとして居る。思いは同じ国臣も酒気をかって僅かに心を慰さめ低声を以て詩吟なぞしては、一同の手前何気無き体を装うて居るが眉宇の間、結ぼれた気はアリ〳〵と現われて居った。然るに先の程より一言も発せず、船底に沈黙して居った月照、頭をあげて白き月の光、清き海風に憧れながら軈て矢立を取り出し、紙をのべてサラ〳〵と書いた。「西郷氏、よい月であるの。何うじゃ是れを見られえ」と示されたのを吉之助は手に受けて見ると、

大君の為めには何か惜からん
　薩摩の瀬戸に身を沈むとも
曇りなき心の月の薩摩がた
　沖の波間に今ぞ入りぬる

と二首の歌が認めてある。「ハヽッ」と其意を諒とした吉之助、暫らく考えた後ニッコと笑うて筆を執った。是れも持ち合した紙へ書き付けて「上人、拙者も一首詠じましてござります。何うか御添削の程願い入りまする」と出したのを月照は手に受けて読み下すと、

君の為め国の為めには露の身の
　今此の時ぞ捨てどころなる

と書いてある。さては吉之助も決心をして居るかと覚られて「イヤ何うも御名吟、感服仕った。何うじゃ月影に遠き景色を眺めては」「ハッ、誠に結構にござりまする」と月照の立ち揚がったに続いて吉之助も座を外し、両人共に舳先の方へ足を進めた。が国臣、勘三郎の両人は其意が何辺にあるか少しも心付かぬ。「アーヽ、宜い月では無いか。澄みわたる海の面の景色、是れが太平の御代なれば」と月照の洩らす言葉に吉之助は「御尤もの仰せ、なにとも此期に及んでは悉く夢……」「オーオ如何にも夢の世じゃ、夢に彷徨い、夢に心を痛めるも果敢なし。さらば夢の世を離れて、卒ざ……」と吉之助の手を緊かと握った。「さらば御供仕る」と握られた手を握り反し、共に身を躍らしてザンブとばかり海中に飛びこんだ。今まで胴の間にあって酒の為め僅かに憂を忘れて居った国臣と勘三郎の両人、此の水音に驚いて振り返ると、舳先に立って居った筈の二人の影は見えぬ。さてはと海の面を見下せば、映る月の影は砕けて打ち寄する大波小波は凄くも白き泡を吹いておるのみであった。

◎最早運命も是れ迄だ

両人入水と云う事に驚いた国臣、勘三郎を指図し、船頭に命じ、其処と思う辺りを遽かに捜さす内、吉之助の死体は先ず揚った。ソレッと云うので早々水を吐かせ様々介抱して居る処へ月照の死体も漸く見付る。で勘三郎と共に介抱に取りかゝった国臣「世を忍ぶ身とは云え、此儘日向に向う事もなるまい。兎も角も手近き浜辺に上って仮令如何なる荒屋なりとも連れ込み、及ぶ限り手当をせずばなるまい」と考えたから其旨船頭に伝え兎も角も舟を附近の浜辺へ着けさせ、漁師の家を叩き起して其家に担ぎ込ませ、だん〳〵介抱する内、吉之助は漸く蘇生をしたが、月照は手遅れした為めか既に全く脈が絶えて居る。仕方が無いから一方に益々養生をさせる傍ら月照の死体は附近に仮埋葬を行うた。尤も是れは咄嗟の場合であったからで、後窃かに鹿児島の東禅寺へ改葬したのである。

処が吉之助、蘇生はしたとは云え非常に身体にこたえたか漸く息が吹き返したと云うだけで身体の自由は充分で無い。で国臣と勘三郎の両人が枕許にあって怠らず介抱して居ると、話代って幕府の役人等は、今度こそと多勢を以て月照の宿舎につめ寄せると、何日か逃れて藻抜けの殻となって居るので、さては又もや逃したかと歯噛みをなして厳重に捜索に取りかゝる。すると吉之助等が乗った船頭の家内から、昨夜真夜中頃に三人の侍いらしい人と一人の僧侶が此の浜から急いで船に乗ったと云う事を語ったから、夫れ追っ駈けよと直ちに数艘の船を整え、今しも纜を解こうとする処へ沖の方から帰って来たのは彼の船頭であった。是れを見付けた役人「先ず彼れを調べたならば解るだろう、ソレッ」と云うので岸に着くまも無く訊すと、威光に恐れた彼れ、昨夜来の事を詳しく語る。聞終った役人「フーム、夫れに間違い無いか。然らば其処へ案内致せ」と云い付けた。草臥れて居るが仕方が無い。役人の船に乗って又もや吉之助を担ぎ揚げた浜辺に向い、軈て岸辺についた時「ヘエ、申し上げまする。其……浪人の申し付けによって伴れて行きましたのは彼方でございます」「ナニ、何処だ……フム、彼の一軒家か。察する処漁師の住居だな。確と相違無いか」「ヘエ決して間違いございません」「ヨシ、では其方窮屈であろうが、万一偽りを申してはならぬから此処で暫らく辛抱致せ」と捕縄を出して帆柱に縛り付け、一人の捕吏に番をさしたまゝ、三四十人の者を引き連れて其家に向うた。

国臣の方にあってはそんな事は尠しも知らぬ。吉之助が元気を付けば、一時も早く何れかへ逃れねばならぬと、勘三郎には薬を求めに行かせ、自分は専心介抱に力を尽して居る折柄、俄かに表の方騒がしくなったと思う間も無く、捕吏の面々御用と口々に吐鳴りながら乗り込んで来た。ハッと驚いた国臣、其先に立った一人二人の利腕取ってドシーンと投げ付け「何故の狼藉……」と云おうとするが、何分にも多勢の捕吏がバラ〳〵と駈け向うので言葉さえ出しかねる。手当り次第右に左りに刎ね飛して居る内、敏捷こき数人の捕吏はスーッと其間を抜けて吉之助に向うた。勇敢の気は満身に充ちて居るとは云え、身体の自由を利かぬ吉之助、僅かに身を起して四方を睨んだ。性来の巨眼、殊に眼光の鋭い吉之助が、憤怒の相を以て睨んだのであるから、捕吏も容易に近づき得ぬ。たゞ遠巻きにして声のみをかけて居るばかり。だが国臣は是れが為め気を取られた。「ウヌッ」と前に向うた一人を張り倒して、吉之助を救おうと引ッ返し、其一人を後から首筋摑んで手酷く投げ付け、続いて今一人を手にした時、今迄は睨んで居った吉之助、「平野氏、最早運命も是れ迄でござろう。此上手向いをするのも無益の殺生、尋常に縄についてやるがよかろう」と国臣に云う。「エッ、御言葉でござれど如何にも残念……」「元より残念ではござれど此期に及んでは已を得ぬ」「フヽム……」と思わず勇気の挫けた隙を見計ろうた一人の捕手は持ったる六尺棒で足を手酷く払ったから堪らぬ。思わずドッと倒れる処を起しも立てず折重なって取って押え、見る〳〵厳しく縛めた。此の体を眺めた吉之助、両眼の涙を払い落し「何れも聞け。西郷吉之助は卑怯の振舞致さぬぞ。手向い致さぬによって神妙に縄を掛けッ」と自ら後に手を廻すと、悦んだ役人は恐る〳〵立ち寄って縄を掛け、一先ず鹿児島に引き揚げた。

両人は鹿児島に送られた後、国臣は福岡藩と云うので福岡に送られ、吉之助は鹿児島出身の事であるから、藩中で処分さるゝことゝなった。処が当時の鹿児島藩士中には勤王を唱える者、佐幕に組する者の二党ある。従って是れが処分法に就て議論は二ツに岐れた。一方は吉之助個人として何等罪悪のあるものでない、又た公人としても畢竟幕府に刃向うかも知れぬが、是れ王家に尽す余憤に外ならぬ、王家は我が国の尊重の府であれば是れに尽す者を罰するは其当を得たものでは無い、宜しく無罪にすべしと云えば一方は、当時天下の政権は幕府にある、殊に幕府二百余年来我れ等恩顧の主である、如何に王事に尽くす為めとは云え此の政権を掌どる幕府を倒し、恩顧の主を覆そうとするは言語同断の処置、宜しく死罪に処すべしと云うのであった。

是れが為め其処分は容易に決することが出来なんだ。太守も今は久光公となって居るが、此の久光公又た吉之助の意気を愛して居られる。で是れを助けようと思召されては居るけれども無罪とする事は幕府に対して申し訳が無いと云う懸念がある。と云うて見すく死罪に行うと云うのは心に忍びぬ。是れが為めいろくと考えられた末、死一等を減じて大島へ流罪と云う御沙汰に及ばれたから、此に安政五年十一月二十五日、村田新八護送の役目として付き添いの上、鹿児島を出帆し、三度大島の月を見る事となったのである。

◎女の黒髪象でも繋ぐ

吉之助は先きに二回まで此の大島へ流刑に処せられたが、併し其際は前の太守斉彬公在世の頃で、然も特別の御言葉を下げられて居ったから、流刑とは云うものゝ殆んど大島へ遊びに行ったと同様、頗るノン気で、身の不自由は覚えなんだけれども、今度は常に幕府へ気兼ねをして居る若殿の御代、殊に罪名が罪名だけに万事非常に厳重にされた。新たに堅固な二重造りの獄屋を設けて夫れに入れられたのみか手には手錠、足には足枷をさえ嵌められたのである。流石の英雄も是れには何うすることも出来ぬ。で柔順只だ時を待って居ると和泉公から島役人へ窃かに御使を出されて、六十日計り過ぎた後手錠を外ずされるよう計らわれ、六ケ月目に足枷をも解かれた。吉之助が一代の内、傑作の詩が沢山あるが其内有名な、

我有千糸髪　参々黒於漆　我有一寸心　皓々白於雪　新髪猶可絶　我心不可絶

の五言律は此当時の作である。

かくて二年の後、読書を許さるゝことゝなったと同時に国許の友達から頼山陽先生の日本外史を送られた。常に史籍を愛読しておった吉之助は非常に悦び、巻を繰り返して読んで居ったが、其関ケ原戦争の条を読むに及んで徳川方の不徳を非常に憤おり、

東西一決戦関原　慎髪金冠烈士憤　成敗存亡君勿説　水藩先哲有公論

と七絶を読むに至った。是れも西郷の有名な詩である。其後も時にふれ事につけ詩を作って僅かに心を押えて居ると、月日に関守は無く何日しか過ぎ去って文久元年となった。が何分長の年月薄暗い獄中にのみあったので、髪は延び鬚は垂れ、血色は落ちて見るも気

の毒な有様。遉がに番人も見兼ねたか或日其一人が吉之助に向い「御身も長く獄中に居られて嘸かし退屈の事と察する。就ては某し一存を以て計ろうにより時折には附近を運動せられるが宜しかろう」と勧めたが吉之助は「御志しは誠に辱けのうござる。なれども拙者は天下の罪人として此処に参ったる以上、勝手に散策は愚か、獄を出るは心に咎める処あれば御捨ておき下されたい。又た其許御一存を以てせられた事が万一国許へ知れたる際、御迷惑と相成らぬとも計られず、さすれば拙者の心に咎めるのみか其許に対して申訳の無い仕儀でござれば」と一言の許に断わって相変らず獄中に謹慎しておる。で番人も是れには感心して其旨を上役に言上すると、上役も同じ心を以て鹿児島へ上申する。鹿児島城中では此の上申によって太守初め和泉公、さては吉之助と同志の諸士は「既に永年の間孤島の獄中にあるさえ不憫な上、今尚謹慎して居るとは心中の情察しるに余りあり。何んとか恩典を施こしたい」と云う処から改ためて出獄を許し、島中何れに住むとも勝手次第と云う令を伝えられた。

此の恩典に接して吉之助の悦びは云う迄も無いが、吉之助以外に深く悦んだものがあった。夫れは波久里村で砂糖問屋をして居る里雲正と云う者。以前吉之助が此の島へ流された時、端なく吉之助の為めに其一命を救われた恩があるので、今度も吉之助が流されたのを聞き、何んとかして是れに報いようとして居ったのであるが、何分前回とは違い、総て厳重に禁錮されて居る為め、僅かに番人に伝えて時々差入物なぞを送り、一日も罪の軽くなるよう祈って居った処へ此の恩典に接したと云う事を聞たのであるから早速役所へ赴むいて面会をした。で爾来の機嫌伺いから獄中の見舞、此度の悦びを述べた後「先生には永の御不自由、定めて御疲れの事と存じます。就ては何は兎もあれ私しの方へ御引き取りを致しますによって、何うかゆるりと御養生をなされませ。幸い浜辺に一軒の家がございますから」と真情こめて云う言葉に「では気の毒であるが宜しく頼む」と此で伴なわれて其家へ移り、名を大島三左衛門と改めて養生して居ると、別に病気であった体軀では無いから暫らくの内に健康に復した。さて壮健になった上はジッとして居ることは厭いの吉之助、と云うて孤島で好きな猟も出来ず毎日ホト〱無聊に苦しんだ結果、此の島の子供を集めて読書、習字、算術なぞを教え初めた。すると何分距れ島で是れ迄別に師匠と云うて無い処なので追々入門する者が多く出来、従って其父兄等迄先生〱と敬うようになって、全島に大島三左衛門の名と先生と云う事を知らぬ者が無い程。

此んな風で何日しか門弟の父兄等まで吉之助の徳に馴き、延いて里雲正にまで「貴公の御蔭で立派な先生が出来、小供の躾をして頂けるのは何んとも御礼の申し様も無い。何うか此上は何日までも此の地に居られるように御計らいを願います」と礼だか頼みだか解らぬようなことを交る〴〵申し入れるので初めは只だ恩に報いようとのみの気であった里雲正も、今は自分の鼻も何んと無く高いような気持となって「ヨシ〳〵、お前さんたちから左程御頼みなれば万事己れの旨にある。外の人は兎に角、己れから先生に云えば大抵な事は聞てくれるから」「さ、其事は無論承知して居るから御頼み申すので」「フム、呑みこんだ。が併し此処に一つ相談があるのだが何うだろう」「ナニ相談……先生の事で……」「元よりじゃ」「ヘエ〳〵先生の事なれば何んな事でも聞きますが一体何んな事です」「イヤ外でも無いが、知っての通り先生には御若い身であろう。お若い身ではる〴〵此の距れ島にお在ではツイ其……淋しいだろうと察するナ。尤も今こそ仕方なしに居られると云うもの丶御国には定めて御気に入った御人もあるに違いは無い。さすれば若し御許しが出た場合独り淋しい此んな処に居られるより直ぐ様御帰りになるは知れたこと」「フム成程……するとお止りになられんか」「夫れでじゃ、此処で誰れか繫ぎ止める者が入用だが……」

「エッ、繫ぎ止めるもの……先生をか、ドッ何うして迂闊にそんな事をしては大変じゃ。定めて怒るだろう」「何がじゃ」「何がって、先生を繫いだらさ、多分縄か綱でやるのだろう」「ハヽヽヽ、そんな事をしたら大変だがそうでは無いんじゃ。ソレ女の黒髪象でも繫ぐと云うだろう。其通りで先生にも島で一番の容貌よい女をお伽に出すのだ」「アッ、なーる程。で夫れには誰れを出す」「さア其事に就てお前さんに相談をして居るのだ。何処かにあるまいか」「そうだな、一つ考えて見よう」「ウン、頼むぜ」と心にハズミがついて商売も御留守に彼地此地と飛び歩いては自慢の傍ら吉之助の為めに容貌よき婦人を探がして居ると此処に吉之助の許へ日々教を受けに来る門弟中、由天智、多仁女と云う兄妹がある。由天智は今年二十歳で大力勝れて双ぶもの無く嘗て琉球王の御前で同国第一と呼ばれた力士と番い、見事手玉に取って褒美を頂きしと云う強者。又た妹の多仁女は十八歳で其容色は秀で、気質頗るよきこと是又た島中並ぶ者無しとの評判。里雲正はフト是れに目を付けて或日由天智に其旨を洩すと、由天智は非常に悦んだ。「誠に結構でございまする。先生さえ御承諾下されますなれば私共兄妹には是れ程嬉しいことはございません」との返事に早速吉之助の三左衛門へ此の話をする。すると「御思召は辱けないが何分罪人の身の上。未だ罪の許されぬ内に家内を持つことは出来ぬから」と容易に納得せぬを「イヤ決して御家内と云う訳ではございませんが、既に本人も得心をして居りますので何分にも」といろ〱勧める言葉に「左程まで仰せられるのなれば万事其許に御任せ申す」と云うことゝなって遂に是れを仮りの妻と迎えると、最初の内は打ち解けた模様も無かった吉之助、日の経つにつれて段々と可愛がるようになり、何時しか其胤を宿して此処に文久の二年、九月の九日に玉の様な男の子を産むに至った。吉之助の悦びは此上無い。九月重陽の節句に生まれたのみか、日頃其花を愛して居ると云う処から菊次郎と名け、寵愛一方ならなんだ。

◎血祭に何うなりともして殺せ

茲に大島の島司をして居る弓井田按司と云う者がある。自分は按司と云うのを笠に着て日夜淫酒に耽るのみか性来の強慾邪智の所から、其費用に充て且つは蓄財の心に努めようと考えて島人に重税を課し、年貢運上の取り立ては誠に厳しい。夫れも最初の内は「本年は御上に於て非常の御物入りがあったから取り立てる」とか、又た「道普請に思いの外費用が費ったから出せ」とか色々な口実を設けて取り立てたが、其物入りの元は淫酒の為めであったり、又た道普請は一向する様な模様も無いのを見ては如何に純朴な島人も黙っては居らぬのみか夫れが為め塗炭の苦しみに咽ぶものさえ追々に現われる。が非道な弓井田は是れを察せぬさえあるに愈よ惨酷に、果ては納めぬ者、或は遅滞する者には会釈なく罪に落すと云う有様に至る処穏やかならぬ風説が立った。「如何に泣く子と地頭に勝たれぬとは云え、今日食う事さえ出来かねる身が何んで大枚な年貢を納められるものか」と云う者があれば「畢竟気楽に暮されてこそ按司様と奉つることも出来るが、此の節の様な無茶な運上を取られ、若し遅れてさえも罪にするような役人は少しも有り難い事は無い」「そうだ〳〵、あんな非道い奴は屋敷共打ち壊して叩き殺さねば胸が治まらぬ。彼奴の為めに島の人間は誰れ一人御蔭を蒙むって居る者が無いでは無いか。島全体の為め遣っ付けろ」なぞと過激に出る者もある。処が此の噂は口から口へ伝わり遂には事実となって現れそうな勢いと思う折柄其内に誰れが主唱と云うでは無く、二三百人の島人は簑笠に身を固め、竹槍、筵旗なぞを手ん手に持ち、ワアッ〳〵と鬨の声激しく或日按司の屋敷へ押し寄せるに至った。此のすさまじい勢いに日頃虎の威を借って居った狐役人の驚きは一通りでは無い。直ちに門内へ逃げ込み門を堅く鎖して中で何れも慄うて居る始末。処へ潮のような勢いで押し寄せた島人「ソレッ、門を打ち破って中の奴等を屋敷ごし潰して仕舞えッ」と口々に吐鳴って居るものゝ何分強慾な奴だけに日頃用心堅固にしてある按司の宅、塀は石を以て囲み、門は丈夫な鉄の金物を充分に打っ付けてあるので竹槍や棍棒ぐらいでは元より応える筈は無い。たゞ八釜しく云うて居るばかりである。

其処へドン〳〵と駈け付けた少年、門際へピタリと寄って一同を見廻し大手を広げた。「皆の衆一寸御待ち下さい。全体何の為めに斯くも穏やかならぬ事をせられる」と大声出して叫んだにつれて一揆の中から飛び出した一人「ヤア我りゃ曾江里じゃ無いか。別段お前の知ったことでは無い、スッ込んで居れ」「イヤ其訳を聞た上で考えがあるから先ず委細を御話しなさい」「お前等に云うて方の付くことなれば此んなに大勢押し掛けては来んわい。兎も角ものいてくれ」「訳を聞た上で若し、己れの力でいけぬ時は先生に伺う。又た先生に伺うて仕方の無い時には皆の思い通りにするがよかろう。全体何んな事か知らぬがそんな風体をして上役人の屋敷へ押し寄せる場合は仮令理があっても非に落ちるが承知か。己ら夫れを気の毒と思えばこそ飛んで来たが、夫れとも強て引ッ込んでおれと云うのなれば己れも男だ。此の儘左様かと帰る訳にはゆかぬ。先ず血祭りに伺うなりともして殺せ。さ、何うじゃ」「フム……」と云うたまゝ呆れて曾江里の顔を眺めて居る。其処へ二三人の分別ありそうなものが進み出して「ヤッ、如何にも曾江里さんの云う通り尤もじゃ。夫れでは話すが、実はお前さんにも聞かぬ事はあるまい。何うも此の節の按司が……」と非道な行いをすること、夫れが為め島人の苦しんで居ることを語って「此んな都合だから最早破れかぶれで一同が押し寄せた次第。如何に先生でも是れだけは何うも」と云う語の終らぬ内、カラ〳〵と笑うた曾江里「ハヽヽヽ大層らしく訳も無い事を……そんな事は先生を煩らわすまでも無い、己れが引き受けてやる」「エッ、お前さんが……ジヨ、冗談じゃ無い。我れ〳〵が是れまで何れ程願うたか知れぬに聞てくれぬ按司が……」「そんな事は後で聞く、先ず任してくれ。己れも三左衛門先生の御弟子じゃ命にかけても引き受ける」「ヘーン……」「先ず御一同は一旦穏やかに御引き取り下さい。竹槍騒ぎは何うしても仕方の無い時にしても遅くはあるまい。さ、早く御引き取りなさい」と云うので「フム夫れでは兎も角も任すがシッカリやってくれ」と一同に其旨を伝えて引き取ると、後に残った曾江里、門際へ寄って戸板をドン〳〵と叩く。何分大力な生れであるから鉄を以て張りつめた戸も激しく内側へ響きを伝える。すると前刻来門内で慄うて居った小役人共「ソリャ来た、シッカリ突っ張りを支えよ」なぞと大騒ぎを初める。此の様子を表から悟った彼れ、大音声で、「アイヤ御役人方最早御心配御無用、一同は何れも立ち去って残るは私し一人。是非按司に御目通りの上言上致したい事があるによって何うか御取次ぎを御願い致しまする。決して乱暴を致す者ではございません」と穏やかに二三回繰り返して云うと漸く役人の耳に這入ったらしい。塀の上へ上ってソッと首を出したが、曾江里の外に誰れも居らぬのを見て安心したか程なく小門を開いた。「さア通れ」「ヘッ有り難う存じまする。就きましては按司の御在になる処へ御案内を御願い致しまする」「フム此方へ参れ」と案内されたのは白州体の処、既に小役人から弓井田に伝えてあったか其処に怒りの色を含んで待って居る。夫れが今曾江里の這入って来たのを見てグワッと睨んだ。「是りゃ、聞き及ぶに前刻来徒党をなして此方邸に押し寄せたのは其方等か。怪しからぬ奴である。全体何が為めに左様な無礼を致す」「ヘッ、是れは何うも意外なる仰せ。一同の者が御門前に騒ぎたてゝ居ります為め、誠に恐れ多いことゝ存じ取り鎮めましたる私し」「すれば何用あって此方に面会を求めた」「左様でございまする、一同の者を取り鎮め話を聞て見ますれば誠に不憫と存じ、と申すは余の儀ではございません。恐れながら申上げますが昨今の御取立は甚だ重きのみか万一少しにても遅れましたる際は厳しき御詮議。是れが為め妻を売り、身に食は無く餓死致す者さえ続々有る様子……」「黙れ、黙れ、黙れ、取立ての重きは上に入用のある為めである。妻を売るは其者の勝手、餓死するは働かぬ為め。かゝる事を口実に無礼の挙動、許し難き奴。其方も一揆の一人であろう。イヤ其主謀の者と認める。怪しからぬ奴。夫れッ此奴を召し取れッ」との一言に連れて先刻まで慄うて居った数名の役人、バラ〳〵と掛って縄をうつ。曾江里は少しも手向いはせん。ジッと座ったまゝ「是れは意外の御見込み。尤も私しは逃げ隠れは致しませぬ、又た一切御手向いは致しませぬが、併し夫れでは只今の者共は捨て置きませぬぞ」「黙れ、左様なる事は其方の指図は受けぬ。是れ此奴を獄に打ち込め」と云う言葉に少しの容赦も無い。其儘牢内に押し込んだ。

◎忍んで歩く足許を棒で払った

話代って一揆の人々、曾江里の言葉に一時は任したものゝ甚だ心細く思うた。按司の邸から少々距れた所まで一同引き揚げたが、中々解散はせぬ。今にも何んとかの返事はあるだろうと心待ちに待って居るものゝ過激な若い者は気が焦って居るから「如何に三左衛門先生の弟子でも是れだけは旨く行くものか、あの按司なぞは充分痛めてやらねば言葉ぐらいで中々応じる奴では無いから」と云うのを多少分別盛りの人は「だがあれ程堅く言うて居ったのであるから今暫らく待って見よ。何か確かな考えがあるに違いは無い」といろ〳〵押えて居るが、其内時間はだん〳〵経つけれども何んの便りも無い。若い連中は益々急ちこむ。遂に押えて居った者は訝しく思い出した。「何うも妙だな。夫れでは誰れか二三人様子を見に行って来い。併し万一間違いがあっても決して其場で手を出すな。一時引ッ返えして一同で向うから」と堅く云い付けて二三人走らすことゝなった。此の使に当たもの早速屋敷の附近へ来て彼地此地様子を窺うが門はピタリと鎖されたまゝ何んの様子も無い。「オイ何うだろう訝しいじゃ無いか。曾江里はあんな大口を吐いたが其儘帰ったのではあるまいか」「イヽヤ己ら這入ったのを慥かに見たから夫んな事は無い」「でも彼れから彼れ是れ二時にもなるでは無いか。何れだけ話しが六ケ敷にしろそう時間のかゝる筈があるものか」「夫れもそうだな。では話しが聞かれぬものだから一同に会うのが面目無うて直ぐに宅へ帰ったのかも知れぬぜ」「さア、けれども彼の時の話では若し自分で聞かれなんだならば三左衛門先生の力を借りると云うて居った。あの男は人を誑したり詐を云う男で無い。すれば若し按司が聞かん時には先生の御宅に行って居るに違い無かろう」「夫れもそうだ。夫れでは一遍先生に尋ねて見ては何うだ」「フムそうしよう。が万一先生の御宅に行てなかったなれば何する」「さア、其時は其時の事だ。何れにしろ先生の智恵を借ることにしよう」と吉之助の邸へ向う途中、他の一人は口を出した。「無論何うあろうとも斯うなっては先生の智恵を借らねばなるまいが、己れの思うには曾江里は可愛そうに按司の為めに殺られたかも知れぬぜ」「エッ、何故だ」「だって年貢を納めるのが一日遅うなっても直ぐ罪に落す程の按司でないか。丸ッ切り我れ〳〵を犬か猫程にも思うて居らぬ非道い奴だから今日のような事を言うて行けば穏やかに帰す筈はあるまいと思う」「フム、そうだな。夫れでは尚更ら大変じゃ。では少しも早う先生に逢うて相談しよう」と急ぎに急いで吉之助の宅へ来る。すると吉之助は今しも弟子を帰らして書見をしようとする処。多仁女は其側で菊次郎を抱いて乳を呑まして居る。其処へドカ〳〵と這入って来た三人「オヽ先生様御内でございますナ。あの……曾江里は先刻から御厄介に出ませんですか」「フム如何に曾江里なれば今朝参ったが、見受くる処何れも大層慌たゞしい模様、何うせられた」「ヘッ、今朝……イヤ今朝ではございません。先程からで……その御稽古では無く御願いの用事で御伺い致しはしませぬか」「ナニ御願いの用事……イヤ左様の事を聞かぬが自体何うせられたのである」「ヘーッ、まだ伺いませぬ……そりゃ大変じゃ。ではいよく彼奴に殺られたか。糞ッ、可愛そうに」「是れく何う致したのじゃ。見れば顔色を変えて只ならぬ模様。殊に曾江里は殺られたとやら穏かならぬ言葉、仕儀によっては其儘に致されぬ。委細を語らっしゃい」「ヘエッ、有り難うございます。実は斯様な訳で……」と詳しく語るを聞て居った吉之助「フーム、そりゃ何うも厄介な事になったな。尤も按司の事に就てはかねぐ聞かぬでも無いが、併し何うも曾江里は不憫なことを致した。……が今更云うても帰らぬ事、万一殺られるようなれば最早言切れて居よう。又た其まゝ繫がれて居るようなれば今晩一夜は打ち捨て置くことゝ思う。就ては拙者様子を探ぐりがてら今晩按司の邸へ忍び込み万一獄屋に繫がれて居るようなれば助け出した後按司に逢うて談判をしましょう。若し又た生命を取ってあれば已を得ん、首尾よく敵を討ってやるから其心算で居るよう一同に伝えてくれ」「ヘヽッ、有り難うございます。夫れでは今晩御帰りを一同が御待ち申して居りますによって何うぞ宜しゅう御願いを致します」と三人は悦こんで吉之助に別れ一同の屯して居る処へ行って此事を伝える。

さて其夜になると吉之助は充分に身支度をなし、按司の邸を窺うて恰好のよい処を見付け、其処に用意の鈎縄を振りかけて首尾よく忍び入ったが、勝手の解らぬ処へ雨催いの全くの暗ときて居るので方角は丸っ切り判らぬ。たゞ遥か彼方に幽かな燈明のあるを便りにソロリ〳〵と忍び行く。処が按司の方では昼の騒ぎがあったから中々に油断はせぬ。小役人を庭先の塀の影、或は門の扉、樹木の間等に伏せ、何時何んな事をして忍んで来るかも知れぬから注意するようにと厳しく云い付けて置いたから、命を受けた小役人は彼方に三人、此方に二人と此処彼処にまくばって窃んで居ると、そんな事を知らぬ吉之助は今しも其一隊の前を忍び〳〵通りかゝった。尤も吉之助では充分に忍んで居る心算ではあるけれども、静まりかえった家の中、殊に怪しきものあらばと、耳を澄まして居る役人の前通りかゝったのだから無論逃す筈は無い。暗にも夫れと目星を付けた役人は、用意の棒をソッと構えて足許と覚しき処を力一ぱいに薙いだ。如何な吉之助も是れにはたまらぬ。「アッ」と云うて倒れる処を「ソレッ曲者ッ」と云う声に連れ、彼方此方に居った者等が一時に飛び出し、バラ〳〵と折重なって其儘縄をかけた。

此方は吉之助の帰りを待って居る一同の島人、宵の内から酒肴を調え、吉之助が帰ったならば饗応しようと何れも待って居るが一向に沙汰が無い。其内に夜はいよ〳〵更けわたるのみなので又もや評議は初まった。「オイ三左衛門先生は今夜御苦労になったは間違いはあるまいな」「勿論よ、己ア慥かに御願いをして来たのだ」「フン、けれども余りに御帰りが遅いでは無いか。誰れか一遍先生の御宅を見てこいやい」「ウヽよし己ア行てくる」と一人の男は駈け出して程無く帰って来た。「オイ皆の衆大変だぜ」「エヽッ、何うした」「何うした斯うしたもあるものか。何うやら先生も按司の糞野郎に殺られたらしいぜ」「エッ、夫りゃ大変じゃ、ドッ、何うして判った」「今御屋敷へ行って聞けばズーッと前に仕度をして御出ましになったと云うて居る。夫れ程前に御出になったものが今頃御帰りにならぬ筈があるものか。だから先生も曾江里と同様殺られたのであろうと思う」「此奴アいよ〳〵勘弁できぬぞ。曾江里ばかりか先生様にまでそんな事をしては最早承知はならねえ、一同の衆今度こそはシッカリ頼むぞ」「元よりじゃ、按司であろうが桃だろうが容赦はするものか。根から幹から種まで叩き割ってやるぞ」「オイ〳〵もっと島の奴を集めろよ。我れ〱ばかりか先生様の敵だ」「オヽ元より承知だ」と云うので今まで僅かに押えて居った胸の怒りが一時にワッと沸き出した一揆の面々、八方に走って残った人々を呼びに歩くと男ばかりか女までも手ん手に得物を持って島の子供を宅に残したばかり、殆んど大人の全部は一つ処に見る〱集まった。

◎竹槍の先には二ツの生首

此の体を見て主立った一人は大声で口を開いた。「一同の面々に云うておくが今晩と云う今晩は何うしても按司を逃がさぬよう、石に噛りついても殺って仕舞わねばなりませぬぞ。何うせ此儘居っても干し殺される我れ〱、仮令命を捨てゝもシッカリ頼むぜ。殊に曾江里ばかりか三左衛門先生までも殺った奴だから其覚悟をくれ〲も忘れぬよう」「オヽ元より其覚悟じゃ。按司ばかりか其片破は皆殺しじゃ」「フム面白い、夫れでは行こう」と云うので待ちに待った一同、ワッと声を揚げて按司の邸へ再び押し寄る。驚いたのは屋敷内の役人、島とは云え全島の人を悉く集めれば数百人以上もある。夫れが必死の声を出してワーッと鬨を作ったのだから大変な凄まじい声となって響いた。是れが為め役人ばかりでは無い弓井田も驚いて高見に昇り、塀の外を覗めると四方は松明の燈火を以て充されて居る。驚きながらも痩我慢を張って、「門内に一歩も入れてはならぬぞ這入って来る奴を片ッ端から斬り捨てゝも苦しゅうない」と頻って差図をして居るが、必死の島人は大変な勢いで門を押し破ろうとして居る内にも彼の由天智は吉之助が殺られたと聞て怒気全身に漲り、一同が打ち破ろうと焦って居る門口に進み寄って面々を側へ避けしめ、日頃の大力は更らに何倍かに増進して、門側にあった一抱え以上もあろうと思う大石を両手で差し上げ、扉の中央を目掛けウンと強かに投げ付けると、さしもに堅固な戸も瓦落〳〵と凄まじい音をたてゝ打ち破れたのみか、其余勢は門内に構えて居った数人の小役人に向ってドーンと当ったから、アッと云う間も無く頭を潰された者、胸を打たれた者、腕を折られたもの、腰に当てられた者、両脚を台無しにした者等数名あった外、門の戸板、金物の飛び散った破片で傷を負うたものも尠く無い。夫れで無くとも充分怖気のついた一同、僅かに命の助かったものは呆気に取られて居るものもあれば逸足出して逃げ去る者すら数人あった。此隙に「ソレッ」と由天智の躍り込んだ後に続いて他の人々もドッと入り込んだので邸内では今更ながら上を下への大騒ぎが初まった。

是れ等を隙さず持った得物で死力を出して打つ切る叩くと云う有様に片ッ端から役人共を攻めかける一揆の内にも由天智は先手となって猛虎のよう猛りたって奥深く進んで行く、と端なく獄屋の前まで行った。今迄は悪い役人奴と一心になって居った彼れ、獄屋の建物が目に入ると共に、万一先生は命をまっとうして此の裡に繋がれては居るまいかとフト気付いたから戦いながらも「先生は御在ではございませんか、由天智でございます……先生は御在ではございませんか」と声を嗄らさんばかり大声で繰り返し繰り返し吐鳴っては其裡を覗き込むと、或る一方の建物の中から「オッ由天智、……三左衛門は此処だ」と云う声が聞えた。「オ、先生御無事で、……何より御目出度い」と早速駈けよって、慌てながらも遮ぎる数人の番人を訳なく左右に取って投げ、錠前を捻切って救い出し、縛しめた縄を解て「先生、兎も角も御免れなさいませ。後は島の一同が引き受けますから」「フム辱け無い。併し先方の方に曾江里も捕われて居る様だから序に助けてやってくれ」「オッ曾江里も無事でございますか。畏まりました」と付き纏う役人を懲しながら曾江里も助け出す。かくする内に一同の島人は何れも邸内に入り込んだが、争擾の声は四方から聞える。時しもあれ母屋の方に当ってバッと一道の火光を伝えたと見るまも無く、誰れがかけたか忽ち炎々たる猛火は天に冲して凄まじくも立ち登った。其内にも獄屋の近辺に居った役人共は性懲りも無く由天智、吉之助、曾江里なぞへ絶えず打ちかゝったが元より一支えもあるべき筈は無い。殊に曾江里は堪え〱た怒りは一時に発し是れに性来の大力は添うて居るから当る奴は悉くバラリ〱と倒される有様。で夫れも束の間であった。今は遥かに距てゝ燃えゆく母屋の方と三名の有様を交々に眺め、僅かに空元気を付けてワッ〱と騒いでおるばかり。折柄遠く勝鬨の声が響き、続いて多勢の島人は間近く押し寄せてくる。見れば竹槍の先に二ツの首がさゝれて居る様子。今まで空元気ながらも多少勢いのあった役人等、是れを眺めて驚いた。忽ち這々の様となって姿を隠そうとするを、点しつらねた松明に照らされ「ソレッ逃がすな」と云うが早いか何れも見る間に叩き伏せられた。今まで四方に目を配って油断なく突っ立って居った三人の内、由天智は其方に向って声を掛けた。「ヤア一同の人々安心せられよ。三左衛門先生を初め曾江里も無事で居られたぞ。斯く云う由天智、取り敢えず御救い申し上げた」と云う声に多勢の内からツカ〱と駈け寄った一人「エッ先生が御無事で……夫れは御目出度い。先ず兎も角も御祝い申す」と云う顔を火の光りで透し見た吉之助「オヽ御身は里雲正、……して按司は何うなった」「へッ、先ず其儀は御安心を願いまする。恨みの重なる弓井田を初め其他の片破れは是れで一人も残らず片付けました」「フーム、すれば彼の火も矢ッ張り此方からかけたのか」「へエ、弓井田めが何方へ隠れたか解らぬものですから、夫れを追い出す為め、一つには何うせ島人の膏から出来ました此の屋敷でございますれば心残りの無いように焼き払いました」「ハッ〳〵〳〵何は兎もあれ、今後は一同も安く眠れよう。併し残る奴も無ければ最早夜明けに間もあるまい。一時引き揚げるがよかろう」「そう致そうと存じましたが、先生の御身の上が気にかゝりましたものですから……実は万一昨日彼奴等の為めに殺られたような事でございますればセメテ死骸だけでも尋ねようと此処まで参りましたのですが……御無事で何よりも御目出とう存じまする。最早此上は用もございません。直様引き取りましょう」と何れも悦こびの色を浮べ里雲正の指図によって引き揚げると、程なく東の空は明けそめる。すると翌日は至る処祝いの酒で昨日に変る大変な賑わいとなった。

◎タッ〳〵大変だ

全島は歓喜の声と祝いの酒宴に充ち〳〵た中にも里雲正の宅は一層の賑いであった。按司討伐の主立った人々、是れに吉之助を加えて何れも隔てなく談笑に耽って居る。と其家へ慌たゞしく駈け付けた一人の島人があった。「タッ、大変でございます。旦那方へ一寸……」と云う言葉さえ頗る慌てた様。何がさて昨日の今日、若しや按司の一件に就て又もや何事か起ったのではあるまいかと一同も驚いた。兎もあれ其者を此処へ通せ、委細は此処で聞こうと里雲正の発言で其座に通すと、尻も容易に落付かぬ様で「ドッ、何うも大変なものが参りました何う致しましょう」と云う言葉に里雲正は「大変……何うしたのだ。慌てずに云え」「ヘッ、別に慌てる気ではございませんが、何うもその……」「フム、何うした。先ず是れでも飲んで心を落ち付けて云え」と盃を差して酒を注ぐとグッと一口に飲み干した彼れ「ヘッ、有り難う存じます。実は今朝から浜辺で友達と御祝酒を飲んで居りました処が、只今俄かに妙な物音が聞えました」「何……妙な物音……」「ヘッ、不思議に思いましてフッと沖の方を見ますと、小山の様な黒い船が煙を吐いて碇って居りまする」「エッ、黒い船……」と里雲正の驚くよりも吉之助は一層に驚いた。「ア是れ、何んと云う、黒船が参たと申すか」「オヽ是れは先生様でございますか。何うも大変なことで……ヘエ、まだ見たことも無い妙な船が沖に……」「フム、さては蛮夷の奴め我が神州の地を襲わんとして参ったのであろう。ヨシ及ばぬ迄も我が手並を見せてくれる。ともあれ小船の用意を致してくれ。直ぐに参るから」「畏こまりました」と其儘走せ去った。後に吉之助は身仕度もそこ〳〵に飛び出すと続いて一座の人々「夫りゃ大変だ」と云うので又もや俄かに島人を呼び集めて浜辺に向った。

さて吉之助は浜辺に駈けつけてキッと見ると、如何にも遠からぬ沖に一艘の黒船錨を下して碇って居る。「ム、、いよ〳〵蛮夷に違いは無い」と用意の小船に打ち乗って、黒船目がけて急がしつゝ間近になるにつれヨク〳〵見ると、甲板の上に動いて居る人間は碧眼紅髯の人では無く、何れも我国の様に見受けられる。「是れは訝しい」と尚も気を付けて仔細に見れば船尾の方に翻めいて居るは丸に三ツ柏の紋処の付いた一旒の旗。「はてな彼の紋は確か土州の海援隊のものに違いは無い。さては夷国の船では無かったか」と僅かに心を休めて居る内、漸く夫れに近づいた。すると黒船の方でも少しも油断せぬ様子。断えず甲板の上から吉之助の乗った小船に目を付けて居ったが其近づくにつれて声をかけた。「ヤア夫れなるは此の島人と見受くるが我れ〳〵は土州の海援隊である。定めて驚ろいたであろうが決して怪しい者では無い」と云う言葉に吉之助は大音声に「さては察しに違わず土州の御持船でござったか。土州と伺うては知己友人も尠くはござらず誠に懐かしく心得る。船長は何人かは存ぜぬが是非拝眉を願いたい。斯く云う拙者は先年罪あって此の島に流された鹿児島の西郷吉之助と云う者でござる」と、云うと稍暫らくあって甲板に現われた一人の武士「オヽ西郷氏でござったか是れは久々で妙な処で御目にかゝる。委細の事はゆる〳〵御話し申す、先ず上られよ」と云うのは京都以来同志の友として居った坂本竜馬であった。「オヽ坂本氏、意外な処で御目にかゝる……」と軈て其船に移り、案内によって一室に導びかれ、互いに久々の話しから其後の成行を語り合い「拙者も此の島に流され、殆んど暦日を知るに由無き有様。従がって確とは申し兼ぬるが最早数年を経過致したことゝ思うが昨今幕府の形勢は如何ようでござる」と吉之助の言葉についで「されば御話し致すも只だ憤慨に絶えぬ次第、実に言語同断でござる」と是れより当時の模様を委しく語った竜馬は尚も言葉を次ぎ「何はしかれ、西郷氏には誠に御気の毒の御身の上、拙者及ばずながら島津公に説き、日ならず御赦免の沙汰に相成るよう御計い致すにより御心安く居られるよう」「辱け無い、万事宜しく御願い申す」と話しの内、船員は酒肴を調えて運び出したから、互いに盃を取って飲み且つ談じ、何時しか日も西の端に沈む頃となった。「ヤ、思わず長話しを仕った。何れ重ねて御面会の時もあろう。さらばでござる」「イヤ船中の事とて誠に不自由、一向御相想もござらず失礼致した。何れ明朝未明に出発の上、帰途鹿児島に立ち寄る筈でござれば時節を御待ちあるよう」「何分にも宜しく御願い申す」と別れを告げて立ち帰ると、島では里雲正を初め一同の島民、何れも心配をして居る処であった。「オヽ先生、よく御無事で御帰りになりました。実は余り遅いものですから又もや黒船に擒われたのではあるまいかと、只今も一同と評議をして居った処で……」「アハヽヽヽ、心配致してくれる段は辱け無いが、そう〳〵擒になってはたまらぬ。彼の船は土州の御持船で拙者の友人が乗って居ったものだからツイ話に実が入って遅くなったのだ」「アッそうでございましたか、夫れを伺うて安心致しました。先ずは御目出とう存じます。では今一応私しの方へ御越しを願いまする。前刻の祝酒を差し上げとうございますから」と再び里雲正の宅で酒宴が初まった。

夫れから一ケ月余りも後の事である。彼の坂本竜馬から太守の方へ執成しをせられた結果が、久光公の思召を以て鹿児島表から永山弥一郎、池辺吉蔵の両名を使者として吉之助の罪状を許し、内地へ帰還するようにとの命を伝えられた。両名は使者の表を厳重に伝えた後、俄かに座を下って吉之助を上座に進め、「公の仰を御伝え致し、既に御赦免となりました上は、西郷氏には我れ〳〵の先輩、殊に国表に御在の節は何かと御指導を給わったる御身、何うか彼れへ御付き下されたい」「ハ、、、、見る影も無い荒家、上座下座の隔てはござらぬ。何うか自由に御寛ぎ下されい」「恐れ入りまする。併し御国表御出立後最早六年に相成りますが此の離れ島では嘸かし御不自由でござったろうと御察し申す」「ホ、ウ、六年に相成るかナ。何分日が東から出て西に入ると一日として月の丸くなるを見て一ケ月と云う事を僅かに知る位、確とした暦日も無い為め充分に知り兼ねるが、随分長かった」「イヤ御尤もの御言葉、が御無事で何より頂上に心得まする」「辱け無い。併し国表には別段変った事もござらぬか」「左様でございます是れと申す事ござりませんが……時に最早御赦しの出ましたる御身、御仕度が調いますれば明朝直ちに御供を致しまするが如何でござりましょう定めて公にも御待ち兼ねの事と存じますれば」「御芳志辱けのうござる。元より拙者も寸時も早く国土を踏みとうござれど、永年此の処に住む内、骨身も及ばぬ世話になった島人もござれば、又た妻と申す訳ではござらぬが小供まで出来た婦人もあるにより、夫れ是れと取り片付け且つは訣れも惜しみとうござるによって何卒二三日の御猶予を願いたい」「御尤の御話し、重々御察し申す。左様なる御都合でござれば両三日はさておき五日十日なりとも御待ち申すにより其辺は御斟酌なく致されるよう」「辱けのうござる」と夫れから二三日の間は知辺になった島人等に別れを告げ、多仁女には「何れ故郷へ帰った上、我が事成らば直ちに迎え取らすにより暫らくの辛抱をするよう、又た菊次郎の養育は万事頼む」と互に袖を絞った後、永山池辺の両人に伴われ、厭かぬ別の其内にも懐かしき故国に帰るかと思えば何んとなく勇み立ち、岸辺を後に遥けき船路を乗り出したが、十数日の後、無事鹿児島に着いたのは元治元年三月三日の朝であった。

処が当時天下の形勢は益々迫って公武の間は益々墻を築き、攘夷尊王の議論は盛んに行われ、諸国の志士は何れも討幕の事を口にせぬものが無い程、従って先殿在世の頃から此の事を唱えて居った鹿児島の藩士は今は其一部を除いて他は悉く是れに傾いて居る。其処へ討幕の事から罪せられて永年流刑になって居った吉之助は無事帰ったと云うのであるから久光公を初め藩士の大体は悦んだのは元より、是れまで多少幕府の為め気を措て居った若殿すら其帰りを待ち兼ねて居った程、で吉之助が無事帰った翌朝直ちに登城を仰せ付けられた。仰せ付けられて其出仕を見るや斜ならぬ御機嫌を以て迎えられ、種々厚き御言葉を下されたに就て万々御礼を申し述べるに次で、御側に扣えられた久光公は静かに口を開いて「吉之助、久々の帰国で定めて疲れた事と思う。なれども今日天下の形勢を見るに一日延びれば恐れ多くも上は一日の震襟を悩まされ、下は一日の苦を増すばかりの有様。就ては其方には気の毒ではあるが予が尋ねる事に対して考えを申し述べてくれるか」との御言葉に吉之助は思わず平伏をした。「ハヽッ、取るにも足らぬ某しへ重き御言葉、何んとも恐れ入りまする。元より国家の事にござりますれば既に身命を投げ出しましたる身、不肖ながら身軀は如何に疲れたりとも心は丈夫にござりまする。御尋ねの儀に関し卑見を申し述べまする」「フヽム、よくも申した。苦しゅう無い今少し進めよ」「ハヽッ、恐れ入りまする」と吉之助は恐る〳〵一膝前へ座を進めると、久光公は居ずまいを直されてキッと其顔を眺めた。

◎此上は戦いより外にありませぬ

吉之助の顔を眺めた久光公は軈て言葉を改められ「其方は帰途早々未だ聞き及ぶまいが、幕府の専横は昨今いよ〳〵其極に達し、最早徳川の流れも世の末となった有様。就ては其方は予て尊王の大義を唱え、朝廷の御衰退を快復申し上げることに付て心を痛めて居ったのであるから、国家の大計に関しては定めて存じよりもあろう。又た我が藩の朝廷に対し、幕府に対して施こすべき政策あらば懸念無く申し出でよ。幸い公を初め藩臣は何れも列座致して居る。今、其方の言によって執るべきものあらば採り、議すべきものあらば一同に諮って国家の為め且つは藩家の為めに百年の大計を定めようと思う。深く考えた上述べるよう致せ」「ハヽッ」と平伏した吉之助は、首を垂れ、手を拱いて半時余りの間は一語も発せず只だ黙然と考えて居ったが、稍あって静かに頭を擡げ、久光公を恐る〳〵見上げた。久光公は微笑を含まれて「何うじゃ何んとある」「ハッ、恐れながら某し元より不肖の身でござりますれば良策と申し上げるは誠に呼箇が間敷次第なれども既往を考え今後を察しますれば只だ戦いの一字あるのみと心得まする。正を以て邪を討ち、義を以て逆を滅するは人道の大義でござりまする」「フヽム、然らば戦いを以て幕府を滅するより他に無いと申すか」「左様でございます。現今幕府の政を見まするに上は恐れ多くも至尊の詔を拝し奉つらず、下は万民の休養を顧ぬさえあるに恣に夷狄に接し、正義正道の士を猥りに葬らんとするは是れ逆と申すべきか邪と申すべきか其罪決して軽くはござりますまい。某しなぞの見解を以て是れ正しますれば国家を亡ぼす逆賊かと心得まする」「フム、如何にも其方の申す通りである。併し今我が一藩を以て幕府に当るは其兵力に於て気遣わるゝ処は無いが、彼れ衰えたりとも親藩あり、譜代の諸侯もある。是れ等のものが一つとなって我れに来らば何うする」「一応御尤もの仰せ、なれども彼れは既に人心に反き、天下の志士は悉く其専横を悪まぬ者も無き折柄にござりますれば此際我が藩にては百二都城の兵力を集め、大義を天下に唱えますれば赤心の保てる者は来って共に徳川の罪を鳴す事と存じます。殊に一藩此の事を唱え居りますは独り我が藩のみでは無く長防の士、土州の君臣、何れも此の心を持って居るやに聞き及びますれば……尤も是れ等を仮令頼みと致さずとも我が二百余万の蒼生が大義の為めに斃るゝ決心を以て事に当りますれば如何でか難き事がございましょう。又た万一不幸にして逆吏の為め葬り去られるとも生て不道の下に屈するよりも如何程か男子の誉とする処でござろうかと存じまする」と壮烈の言葉に久光公を初め列座の諸士は何れも顧みて一言の言葉も無かったが此時遥か末座から「恐れながら申し上げまする」と膝を叩いてニジリ出た者がある。見れば藩中での佐幕派と云われて居る楢原平三郎と云う者であった。平三郎は吉之助をジロリと見て言葉を次いだ。「只今西郷氏の申されたる言葉は不肖平三郎には其意を得ませぬ。古来兵は凶器なりと申される事もござれば聖賢は是れを取らざるものと致して居る。まして幕府は三百年来世を治め民を従えて国家の為めに功労のありたるもの。是れが一朝其機を誤まり非義非道を行いたりとて直ちに刃を磨ぎ兵を動かすは条理に外れたる行いかと存じまする。若し其施政に非がござれば穏かに其道を説き其非を改めるよう上申することそ一藩の平穏を計り得るものにござりましょう。さも無く今此に我藩より兵を動し徳川家に刃を向ける時は仮令如何に条理に適うとも三百の諸侯は我藩を指して天下を覆えす逆賊と唱え、民は何れも……」と言葉の終らざる内、吉之助の顔は忽ち朱を注ぎ、怒れる眼光は凄まじく平三郎の顔にキラリとひらめいて「アイヤ御待ちなさい。楢原氏には実以て意外の事を申される。悪逆無道の幕府を討伐致すに何が逆賊でござる。又た刃を磨ぎ兵を動かすは何が条理に外れたりと申される。根底より腐朽を来した今の幕府は言論を以て是れを諫め、文書を以て上申致すとも採り上げる事が有ると思召されるか。既に是れが為め愛国誠忠の士が幾多恨を飲んで毒刃の為め葬むられたのを御存じ無い事はあるまい。夫れのみならず兵は凶器なるが為め聖賢は取らずと仰せられたが聖なる武王は兵を挙げて紂を討ったのを御存じ無いか。又た賢を以て後代に名高き張良は秦を亡ぼしたではござらぬか。如何に聖賢とは云え大義の為めに無道を討つは決して恥ずる処でござらん。殊に我国普天の下卒土の浜至る処王土でござるぞ。恐れ多き次第ではあるが至る処悉く至尊の地でござらん処は無い筈。然るに幕府は其重きを忘れ、自ら威権の行わるに慢じて日々専横の募るばかり。上を蔑しろにし下を苦しめ、今や国家を乱さんとする罪決して軽くはござらぬ今日是れを討たずして何をか討つべき。貴公の如きは畢竟幕府あるを知って国家の何物たるを御存じあるまい。先刻貴公の申された逆賊とは国家を乱す者を申すのでござるぞ。拙者等が成さんとする処は其逆賊を倒し国家を泰山の安きに置こうとする存念に外ならぬのでござる」と憚かる色なく語るを聞た楢原は是又烈火のように憤おった。「是れはいよ〱怪しからぬことを申される。上に至尊は在すとも幕府は国家施政の府でござらぬか。然るに是れを一個の見解を以て改めんとするさえあるに夫れが為め猥りに兵を動かそうとせらるるは取りも直さず国家を乱す逆賊に相違あるまい。貴公腹心の徒は知らぬこと、拙者は左様な謀叛には加担致しかねる」「ダッ黙れ平三郎、国家の為め大義を唱える拙者に対して逆賊と申したな。謀叛人と申したな。さ、今一言申して見よ。公の御前と雖も容赦は致さぬ」と片膝立てゝ身を構え、佩びたる小刀に反を打たせて今にも斬らん権幕に列居る一同も素破や事こそ起るべきかと何れも思わず手に汗を握ると、折しも俄かに降り出した春雨は事有り気に軒をつとうて点滴の音を幽かに響かせた。

吉之助の有様に楢原も一座の手前今更引く事は出来ぬ。内心には充分恐れを抱いたが、是れも身を構えた。身を構えて今にも何か口を衝いて出そうとする。列座の諸士は両人の形勢に目をとめて水を打ったよう静まり返った。此時迄耳を傾けて居られた久光公には愈よ穏かならぬと見て程遠からん所に着座して居る村田新八に目配せをせられると、新八は其意を受けて、楢原が一言出そうとする刹那両人の間へツカ〳〵と進んだ。「アイヤ御両氏共御慮外あるな。只今の御論戦を承まわるに何れも国家に尽くされる至情より出でたるものに外ならぬ。其論ずる処こそ変れ国家の安泰を計ろう為めの意志より外ならぬ事は不肖ながら此の新八も承知至した。然るに左程まで大志を抱き、大計を立てられる御両氏が僅かの言葉争いより刃傷に及ぼうと致されるは御志望にも似合しからぬ事と存ずる。若し此場に於て大事を引き起し身命を誤まれば何んとせられる。又た一方を倒されるに致せ其罪は免がれませぬぞ。然らば何れに致すも国家の為め忠ならんとして反って不忠に終らねばなるまい。此の儀特と御熟考あって此場は拙者に任されたい」と云う言葉に次で久光公は「如何にも今新八の申した通り両人の争いは何れも精忠なる心掛から出でたものであれば決して咎めは致さぬなれども徒に闘争を致しては害あって益は無かろう確と考えて見よ」と言葉静かに仰せられたので吉之助は忽ち居ずまいを改め「恐れ入りました。言葉の争いより思わず短気を出そうと致しましたる段何んとも以て申し訳ございませぬ」と平伏すると、楢原は何思うたか「拙者は前刻来腹痛激しく差し起りましたれば何卒御暇を頂戴致しとう存じまする」と口実を設けて御前を早々に退出した。後に若殿には久光公に命を伝える処があって、久光公より其夜窃かに吉之助を招かれた。

◎胡蝶丸の出帆

久光公が秘密の御召しによって日の西に入るを待ち兼ねた吉之助、窃かに伺候すると、直ちに御酒宴を催され「さて吉之助、前刻其方の述べた処は太守の御意にも適い又た予も兼ねて思う処である。就ては帰来早々ではあるが前刻の模様では彼の平三郎、彼れは何うせ其方の為めに又もやよからぬ事を企むかも知れまい。何れは機会を見て処分を致す筈ではあれど今俄かに何うする事も致す訳にはならぬにより、幸い太守よりの内意もあるによって当分身を避ける傍ら是れを果すようにしてはくれまいか」「ハヽッ、如何なる御内意かも存じませねど某しの身を以て出来得る事にござりますれば謹しんで御受けを致しまする」「ムヽ、余の儀では無い。先刻其方の申した討幕の事に関し我が藩と意を同じゅうする防長土三国の志士に説き同盟を以て一挙事に当らば志を遂げるは難き事はあるまいと思う。就ては其方長らく近畿地方に遊び是れ等の諸士に交りを結んだものもあろうによって此際窃かに夫れ等を訪い何れも同意を求めるよう計られたい。尤も夫れに就ては太守の思召しを以て御用船胡蝶丸を御貸し下げになり、且つは村田新八を附添えとして従わせる筈であるから此儀異存はあるまい」「ハヽッ」「何れ明日出仕致せば他の手前改めて御役を申し渡される筈であるから予じめ左様心得るよう」「ハッ、不肖吉之助身に余る御用、有り難う存じまする」「フム、是れだけは用向の表、此儀承知致せば久々であるゆるりと飲め」「ハヽッ」といろ〳〵手厚き饗応を受けて其夜は下がる。さて翌朝太守の御前へ伺候すると改めて御側役を仰せ付けられ、表面は御用の御使者と云う名目を以て長州へ出発の儀を命ぜられた。

命によって胡蝶丸へ乗り込んだ吉之助は村田新八と共に数日の後鹿児島の海岸を出発し、海上風波の難は無いでは無かったが兎に角異状も無く目的とする下の関へ着いた。見ると胡蝶丸よりも先きに碇泊して居る一艘の汽船がある。尤も現今でこそ汽船は珍らしく無いが当時は全国を通じて其数五本の指にも及ばなんだので、殊に民間所有のものと云えば一艘も無かったのは云う迄も無い。吉之助は訝かしく思うてヨク〳〵見ると曩に大島で見覚えのある土州の御持船であるから、悦んで先ず訪えば彼の坂本竜馬は相変らず船長として乗って居る。で取り敢えず先般の礼を述べ、延いて此度の用の趣を語ると竜馬は暫らく首を傾け何事か考えて居ったが軈て口を開いた。「其御計画元より拙者に於ても望む処でござるが、併し貴藩と防長両藩と共に事を計るに就ては甚だ困難な事があるのを御存じか」「エッ何んと云われる」と意外の言葉に吉之助は驚いた。「されば去る文久三年の事でござった。夷狄御親征の事、御延引遊ばされるに当って如何なる御都合か境町御門の警衛を承わって居った長藩の人数を差し免されたが、其当時如何に勅命とは申せ貴藩の人数は早々繰り出して是れ見よがしに交代されたのは甚だ懇親を欠いた致し方と云うので是れが為め両藩の諸士は非常に憤って居る折柄でござれば今更ら是れと手を携えて事を計ろうとせられるは誠に六ケ敷事と思うが、夫れとも何かよき御考えでもござるか」「フヽーム、夫れは初めて耳に致す。併し左様な事を根に持て国家の為めに共に計らぬとは心得ぬ言条と思う。兎もあれ貴公御近親の人に主立った人がござれば御紹介を願われまいか」「下の関の陣営中に一人の心安き将校がござるによって何うあろうとも紹介を致そう」「では宜しく御願い申す」と吉之助は新八を従え、竜馬について共に小船に乗って下の関に向い、軈て上陸して陣営に入り、竜馬は門衛の役人に意を通じると、直ちに応接の間に通された。此処で三人は暫らく待って居ると稍あって這入って来た一人の武士がある。竜馬と親しく話しをして居る様に、吉之助は何気なく見ると何処やらに見覚えのある顔付であった。が、何うも思い出せぬ。是れが為め頻りに考えて居ると先方から突然声をかけた。「オヽ御身は西郷氏でござったか。誠に久しく御面会の機を得なんだが相変らず御壮健で頂上でござる」と云う声に吉之助はいよく\驚いたが何うも思い出せぬ。呆れたまゝ其顔をジロく\眺めると先方は大口開いて笑うた。「ハッく\く\く\、嘗て錦小路殿の御館に於て大義を唱え、将来共に尽すべき約束を確く致されながら俄かに藩論を変じ境町御門に我が藩を窘められたのみか、近くは会津桑名の諸藩と計って我が藩を討たんとの計画もあると承まわる程の御身なれば、拙者を忘れるは無理もござらぬ。然しよもや高杉晋作の名は御忘れではござるまい」と云われて思わず膝をポンと打った吉之助「オヽ、誠に御身は高杉氏、イヤ誠に御見外れ申して失礼仕った。尚只今の仰、前刻も坂本氏より承わって驚いた次第でござる。実は御承知ござるまいが、我が藩中には頑迷の藩士がござって、時には佐幕の事を説き志士を苦しめること尠くはござらん。現に拙者如きも彼れ等の為めに罪を買い、六ケ年余の年月を絶海の孤島に送られ、漸く先頃帰還を許されたようの仕儀でござれば境町御門の事とやらも坂本氏より先刻承わって驚いたようの有様でござれば何うか御心を解かれたい。拙者一身は元より大義の為めに捨つる覚悟でござれば予ての盟は忘れぬのみか、決して情誼に悖り申さねば……」と遠島以来の事を語るに次で竜馬も側から言葉を添え、吉之助の心中他意無い事を述べると、何時か晋作の心も解け、此に改めて危急は互いに救い、事あれば共に応ぜん事を約した後、竜馬を加えて三名は今後水魚の交りをせん事を誓うに至った。

此の会合によって旧交を暖めた吉之助は続いて土佐に足を入れようとしたが、フト思いついたのは先ず帝都に向って同志を糾合し、延ては雲上の方々に面謁の要が肝要であると云う事であった。夫れで下の関発錨の後は船路を大阪に進め、此処で上陸をして京阪地方に身を置いた。処が当時薩長二国の間に屢々確執があった。殊に薩摩の藩士が長崎製鉄所から借り受けた一艘の汽船に乗り、下の関海峡を通過しようとする時、何思うたか長州の砲台から発砲して沈没せしめたのは最も物議の種を惹き起し、耳にした吉之助は窃かに心を痛めて居る折柄、本国から又もや意外な説を伝えられたのである。夫れは外でも無い、曩に討幕の議に傾いてあった藩論は俄かに主張を変え、公武合体論となったにさえあるに、佐幕派中最も重きを措かれておる会津藩と力を合して公事に奔走するようと伝えられたのであった。是れが為め諸国の志士中非難の声を洩すものも尠く無かった。吉之助も初めは案外に思うて頗る心を悩まして居ったが何うした事か兎角此の事に就て口にせなんだ。

薩藩は公武合体の説を取ると云う事が長州に聞えたので、同藩では驚いて窃かに京都に探索を入れ其様子を捜らすと独り薩藩のみでは無く、上は公卿下は町人に至る迄此の説を唱えざる者は無い有様。で探索は本国へ其旨を伝えると本国では直ちに評議を開かれた。で其結果現今の諸侯は何れも公武の合体を唱え鎖港攘夷の説を口にするものすら無い有様では我が神州の地を碧眼の徒に荒らされ延て其汚辱を雪ぐの時は無かろうと思うから、此上は他藩の力を借らず、長州一藩を以て攘夷の事に当るから何うか御沙汰書を下附されたいと云う事を朝廷へ願い出た。尤も是れは国家の為め尽くそうと云う意志に外ならんのであったが、此の事端なく諸藩の悪感を買うに至った。夫れで無くとも境町御門の一件以来其留守居役以外の者は入京を差し止められてある処なので愈よ兎角の噂が持ち上って、遂に近畿地方に居る長州藩士の討伐騒ぎとなり、続いて長州征伐の議をさえ唱え初めるに至った。

◎居眠りするのも訳が御座る

処が長州の方では此際又もや一つの厄難を惹起すに至ったのは外でも無い。当時攘夷熱の高かった長州では外国船を見たならば悉く撃ち払おうと云う意志は藩士一般の胸に常に持って居ったで、彼の薩摩藩士の乗った汽船を沈没せしめたのも是れが為めであったのだが、従って是れ迄我国へ来航した外国船中、其砲撃を受け、危難に陥ることは尠くない。否あまり度重なるにつれて遂に英米蘭仏の四ケ国から一時に幕府へ談判を差し向るに至ったので、驚いた幕府の役人は直ちに御使番を訊問の役として長州へ下らせた。すると藩士の方では何等の確答を与えぬのみか御使番を殺して仕舞うた乱暴に幕府よりも四ケ国の公使は先ず呆れた。呆れて最早幕府の手を煩らわすまでも無い直接に其罪を問い若し罷り違えば兵力に訴えても迫る外はあるまいと云う事になって此に四国の艦隊は聯合して下の関に向う。すると是れを見た長州藩士は「ソレ来た沈めて仕舞え」と一斉にドン〳〵と、筒口を揃えて撃ち出す。だが我国では火術に付て幼稚な頃、夫れに引き換え聯合の四ケ国は兎に角相当の道具は揃うて居るばかりか戦術も巧に防いでは撃ち撃っては防ぐと云う有様だから、如何に気が焦って居っても何うする事も出来ぬ。其内砲台は壊される、人家は砲火の為めに焚かれる云う風で到底勝つ目が無い。遂に太守の大膳太夫殿も残念ながら涙を呑んで家老を敵艦に使わし、講和を申し込んだ結果三百万弗の償金を差し出したのみか今後通行の外国船に対しては一切障害を加えぬと誓うて漸く落着を見るに至ったのである。で此の為め長州では兵を痛め砲台を破壊され其上夥多の償金をさえ取られた場合、是れを見掛けて征伐するは武士の本意ではあるまいと云う議があって其出発を延して居る。尤も是れは一時猶予したゞけで決して永遠に捨て置くと云うのでは無かったので、其数ケ月後、再び此の事を唱え初めて其評定をさえ大阪城内で凝されることゝなった。

其席上、公武合体論者たる島津公のお側役、西郷吉之助も又た評議にあずかる一人であった。だが吉之助は前刻来一語も発せなんだ。一同の諸士が征討の方略に火花を散らして論戦して居るに拘わらず時々其総督たる尾張公の顔をニヤリと眺めては居睡りをして居る。尾張公も最初の内こそ気にもとめなんだが夫れが度々なので聊か気色を変えられて吉之助に向った。「是れ吉之助、前刻来其方は、軍議に耳を止めぬのみか居睡りを致して居る様子。全体其方は此の処へ何の為めに参った」「ハヽッ、長州御征伐の軍議にあずかる為めに参りましてござりまする」「黙れ、然らば一同の軍議に対して何故耳を止めぬか。他の者等が斯程まで熱心に議して居る中にあって居睡りを致すとは無礼であろう」「恐れながら申し上げまする。他の方々の御説を伺いましたる処、某しの意見と余りに異に致して居りまするが為め殊更ら口を出しまする要も無きことゝ存じ、此上は御一同の定まるを待て命ぜられるまゝに従がう外はあるまいかと心得ましたれば夫れ迄の間生じいに耳に入れるばかりはと努めて居眠りを致し居りましたる次第……」「扣えッ、余りに意見が違うとは何うじゃ仮令如何程違うとも良策があれば何故申し出ぬ。先ず其方の思う処を申して見よ。何れから如何なる方法を以て攻める」「仰せにはござりますれど夫れが抑も某しと意見の違います処でございまする」「ナニッ……」「恐れながら特と御熟考を願わしゅう存じまする。成程彼れ長州は上の仰を待たず自ら外夷を討たんと致し、又た都近くに国司を屯致させ藩士を多く集めましたるは不遜の誹は免がれ難きかも存じませぬが、併しよく〳〵考えますれば一は国家の為め夷狄に汚されざるよう防がんとの意志、一は天下の為め奸を除き大義を樹てんとの真心に外ありませぬ。然るに是れを反逆の徒として討伐致されるは聊か人道に悖りはせまいかと察し入りますのみならず、既に事の過激に出でたるを覚り、聞き及びますには陳情書を上に奉つり昨今恭順の実を挙げて居ると申せば尚更ら其非を問うて是れが征討を行ない難きかと心得まする」「ム、成程……」「のみならず長州人とても我が同胞にござりまする。昨今夷狄の跋扈甚だしく国家多難の折柄、殊に国家の為め尽くそうとする同胞を討伐致しまするは外に敵を迎えて内輪同志の争いを致す仕儀でござって甚だ愚の極かと察します。加之ならず彼れは先般夷狄の為めに要害を破られ、家臣を失い、財宝又た疲弊を告げて尚癒えざる時に当って是れを討つは是れ又た武士として忍びざる処ではござりますまいか。世の諺に窮鳥懐に入れば猟夫も是れを殺さずと申すこともござりますれば恐れながら御賢慮の程願い上げまする」と一気に述べた吉之助の顔をツク〲と眺めて深く思案をせられた尾張公、軈て膝を叩かれ「フム、よく申した。斯く列座の諸士が多くある内に誰れ一人其儀に就て申し述ぶる者も無いに、其方よく気付いた。此の上は他を煩わす迄も無い。万事其方の方寸に任すにより、彼の地に参って使命を完う致せ」「是れは誠に恐れ入ったる御申し聞け。某しは外様大名の名も無き臣、云わば陪臣の身分にござりまする。御麾下には歴々の方々が沢山居られますに拘らず某し如きが此の大事に当りますは誠に越権の沙汰と心得ますれば此儀は平に御容赦を願いとう存じまする」「イヤ〱、かゝる大事に当るには其方を措て他には認めぬ。是非に此の事に尽くすよう」と強ての御言葉に吉之助も今は辞む言葉も無い。遂に御受けをして西に下ることゝなった。

　さて長州に着いて国家老吉川監物に面会し、理非曲直を説いて諭示する処あると、監物は直ちに其旨を太守に伝える。聞た太守は吉之助の義に厚く花も実もある言葉に感泣して遂に過激の主謀となった三人の家老に腹を切らせ、山口に構えた新城を破却せしめ、太守よりは一通の謝罪状を差し出させて漸く局を結ぶ事となったので何れも吉之助の気概に感ぜぬ者も無かったが夫れも暫らくで、兼ねて佐幕を以て名のある会津桑名の両藩では其処置の余り穏やかなのを見て尾張公の失当を責め、再び長州征伐を行わんとの物議を起したのが導火線となって又々騒ぎ初める。と是れを聞た長州では藩士一同死を以て防ごうとしだす。すると幕府では将軍自ら是れが総督となって其衝に当ろうと遂に江戸城を出発して京都に入り、続いて大阪城に倚られ、諸国へ出兵を促して此処で征討の軍に統轄しようと企られた。時は慶応二年の正月である。

◎待たっしゃい通す事ならぬ

だが此の長州再征討の事も心あるものゝ間では物議の種となった。従って諸国の出兵も捗々しく集まらぬ。是れが為め日は一日と延びて居る内、其八月、将軍家茂公は薨去さるゝに至ったので、さらでも闇雲に閉された天下は益々穏やかならぬ風が吹き荒み、人心いよ〳〵乱れ立ったと見た吉之助は其翌月早々京都を出発して郷里鹿児島に立ち帰った。

吉之助は郷里に帰って時々久光公に接し、天下の形勢を見て居る内、十二月の初旬に一橋公は右近衛大将に任ぜられ家茂将軍の後を継がせられたので人は僅かに愁眉を開き、此の公によって天下の静謐を期する事が出来るだろうと語り合う間も無く、時の至尊には御不予の趣を伝えられ、次で其二十九日に御崩御遊ばされたりと洩れ聞えたので、新将軍の宣下に眉を開いた万民は又もや深き憂にとじられ、其翌慶応三年正月の九日、恐れ多くも今上陛下には御践祚あらせ給うに至った。

国家の為め至大なる慶弔交々来った為め、一時盛んに唱えられた再度の長州征伐も何日しか其声を納め、是れと共に新将軍から御国喪に服する為め一同解兵の沙汰を触れわたらせたから尚更ら此の事が緩やかとなった。鹿児島の久光公は是れを遥かに聞かれ、或日吉之助を召して窃かに或事を命じ、少からぬ黄金を与えて俄かに先ず土佐へ遣わされた。

土佐へ向うた使命は云う迄も無い。国事を見るに敏なる公は、其時運の近づいたのを察して夙に討幕の議盛んな土州へ向わしめ、太守山内豊信公を初め同志の諸士と約する処あらしめようとするのであった。日頃此の事に就て殆んど熱狂して居った吉之助、元より使命を辱しめるものでは無い。志士後藤象二郎、板垣退助、毛利恭輔等の諸氏とも語った。又た是れ等の紹介によって、太守にも拝謁すれば他に多くの諸士とも懇親を結んだ。かくて土佐の名士と云う名士、志士と云う志士とは何れも近親を結び盟約を誓う処あった後、此地を去って中国各地を訪い、続いて九州に入り漸く故国に帰ったが、此間得る処頗る尠くは無く久光公に其事を語って只だ時節を待って居る内、公には朝廷よりの御喚出しになったので、是れに従うて都へ登った。其内に間も無く公には御国表へ帰られたが、吉之助は思う処あって京阪の地に足をとゞめて居る。其の内に世の状態は次第に遷り変って幕府は遂に大政返上を申し上げた。が是れは将軍を初め国是を事とした公卿方、及び心ある諸侯の意志から出でたものであるけれども会津桑名を初め是れ迄佐幕論を主張して居った諸藩では頗る不服であった。元より時世の変遷は是れ等の藩士も覚ってあったかも知れぬ、併し是れ迄勤王論を唱え、自分等の敵として居った薩長土の諸士は是れと共に都へ入り闕下に屯して時を得顔に羽振きかすのを見て快よからぬ所から殊更ら是れが不服を唱えたものであったらしい。で常に此の事を心に持ち機会があれば勝てぬまでも彼れ等三藩の者と快よく戦おうと根に持って居った。処が薩長土三藩の諸士も此の事を覚ったから都の地を固めて居る傍ら常に心を許さなんだ。で是れが為め此に端なく騒動が持ちあがることゝなったのである。尚少し書き残したから茲に記して置くが、此の大政復古と共に今まで幕府時代の官職を悉く改ため、新たに総裁、議定、参議等の官位を置いて、尊王討幕の事に就て功労あった、志士を是れに充てられ、又た是れ迄禁裡守護職として都に詰めておった会津桑名両藩の兵は引き払いを申し渡された後へ、薩長土三藩の兵に其役を授けられたので両藩には益々憤慨いたのである。で吉之助に於ても是れと共に軍事総督の大職を仰せ付けられ、精兵三千を付けて後軍の守護職を命ぜられた。

話しは戻って端なく出来た騒動と云うのは外では無い、維新戦争と云うて名高い伏見鳥羽の戦いである。事の起りは将軍慶喜公（一橋公の事である）には大政返還後、大阪城に籠って居られたが京都より至急に御召しとあって赴かれる事となった。処が是れを聞た会津桑名両藩の諸士、是れは京都の守護職御免になった後、大阪城に止まって慶喜公の守護をして居ったのであるが「将軍家を都に御召しになるのは油断が出来ぬ。万一御身に事変があっては一大事であるから、我れ〳〵は其御供を申し上げねばなるまい」と云う処から他藩の諸士までも語らい、然も武備万端厳めしく御供をして京都へ向う事となった。然るに京都守護職である三藩の人々は「将軍家に於て一旦大政を返上したとは云え油断がならぬ。殊に会津桑名の両藩士が始終大阪城に居る以上は何時如何なる事を起すかも知れぬ」と考えて大阪城内へ間諜を入れて置いたのである。然るに其間諜、此度慶喜公の上洛に沢山な御供を伴れるさえあるに夫れが何れも厳重な武備を供えた様を見て「さては察しに違わず京都へ押し寄せるものに相違あるまい」と早合点をしたからたまらぬ。直ちに急使をたてゝ守護職の方へ云い送る。此の報知に接した薩長土三藩の諸士は「是れは容易ならぬ事、都に入れぬ内打ち払わねば我れ〱守護職の身として朝廷へ申し訳が無い。途中直ちに喰いとめる支度をせねばなるまい」と一同の者に伝える。一同の者は予て討幕の事について逸りたてゝ居る面々なので「夫れは待ち兼ねた。日頃鍛えた腕の力を試すは今だ、ソレ行けッ」と云う勢いで勇気日頃に十倍し、各藩の諸士は何れも総督の命によって伏見と鳥羽の両街道まで押し出して此処に陣を張て待って居る。処へそんな事とも知らぬ慶喜公は会津桑名の両藩を先手に其他々藩の諸士其数凡そ二万余を従えどん〱進んで来て、其先手は今しも伏見の陣営を通りかゝろうとすると、其処へバラ〱と現われた十数名の薩州兵、其前へ立ち並んで其内の一人は声をかけた。「待たっしゃい。我れ〱朝廷の守護職として此処を固めるものである。然るに一言の答えも無く通行致そうとするのみか、見受くる処多勢の軍兵は穏やかならぬ風体を致すは奇怪至極の至り。察する処旧幕府の輩が不服の余り恐れ多くも朝廷へ敵対致すものと心得るによって一切通す事罷りならぬ」

と吐鳴ったから、常々憤慨いて居る両藩の先手は大に怒った。「ヤア扣えッ、此度朝廷の御召しによって前の将軍徳川慶喜公上洛の御途上である。無礼者下れッ」と云うと薩州の侍いも大に怒った。「朝廷の御召しとあれば何故穏やかに通行致さぬ。将軍在職の頃なれば兎に角、無官の身を以て斯く大仰に上洛致すは何んとも心得かねる」と云う勢いに両藩の者は堪らなくなった。ムラ〳〵と湧き出る心中の怒り遂に押え切れず「いよ〳〵差し止めると申すならば已を得ん。腕にかけても通る、夫れッ」と云うが早いかワッと鬨を揚げると同時に一同刀を抜きつれて切ってかゝった。是れを見た薩州方には「夫れッ容赦を致すな」と云うかと思えば今まで陣営の中に窃んで居った三千余の藩士は一時に現われて、一令の下に用意をしてあった鉄砲方は筒口揃えてドヽヽンと撃って放す。其黒煙を伝うて抜刀隊はサッと切り入ると慶喜公御供の面々は不意を喰って慌てたが、忽ち備えを立て直して是れも激しく応戦する。暫らくの間は双方入り乱れて戦う内、薩州の方は戦は上手であるだけ能く戦うて敵を討つことは夥ゞしい。流石の徳川方も容易に進むことは出来ぬ。遂に此の近辺から鳥羽の方へかけて陣地を敷くに至った。すると鳥羽に陣営して居る一隊と力を合せて益々討ってかゝる。だが如何に優勢とは云え徳川方に比べると人数は殆んど四分の一の少数であるから長く闘うて居る内に次第に疲れが廻るに引き代え相手は多勢を頼みに後へ〳〵新手と入れ代える有様に漸次危うくなって来た。

◎本望成就の時は近づいた

薩長土三藩の諸士中、六千の兵が伏見鳥羽の両街道に別れ、徳川方二万余の勢を相手に闘いを開いたのは慶応四年正月三日の夕刻であって、其夜はマンジリとも敵軍と闘い、翌四日の朝まで持ちこたえたが、味方は何れも一睡もせずに闘うた為め身体は非常に疲れたに引き代え敵軍は後へ〳〵と新手を入れ代えて押し寄せる為め、軍は次第に非となって此上長く保つ事が出来ぬと見た指揮官、直ちに急使を以て京都に居る後軍の総督隆盛の方へ援兵を乞いにやった。(吉之助が隆盛と名を改ためたのは守護職に就いた時からである。是れは記し洩らしたから茲に序ながら書いておく)此の知せを聞た隆盛は、「他藩の者を自下の者と共に統べ治めるには到底自分の名を以てすれば軍令は充分行われまい。誰れか適当の方はあるまいか」と考えた末、其事を至尊へ奏請すると、上には聞しめされて仁和寺の宮様を総軍の総裁と云うことに伝えられたから悦んだ隆盛は「宮様の御乗り出し」と云う事を全軍に伝え、宮様の前へ日月の紋を付けた錦の御旗を押し立て、残り三千の兵に新たに二千を加え総勢五千の人数が威勢を払うて押し出した。此の勇ましい様に味方の士卒は俄かに士気を鼓舞した処へ、宮様の御供人である品川弥次郎は「宮さま〱御馬の前でちら〱するのは何んじゃいなトコトンヤレトンヤレナ、あれは朝敵征伐せよとの錦の御旗を知らないかトコトンヤレトンヤレナ」と云う歌を作って行軍する時、敵軍に進む時なぞには大声で一同に歌わせる事とすると士卒は士気の鼓舞した上尚更ら元気旺んとなって、敵に接せぬ前から既に敵を蹴散したような有様。

此んな風で援兵の面々はドッと敵の本営とも云うべき伏見鳥羽の中間を衝き敵は驀まじい勢いに気を呑まれて呆れて居る隙を窺い附近の人家に火を放ったから今はたまらず一時に崩れ立って淀川堤を大阪の方へ逃げ出す、処へ今まで味方と思うて居った伊勢の津藩、藤堂の一隊は不意に横から討ち入ったからさらでも逃足のついた一同は散々になって大阪城へ逃げ込み、慶喜公には其儘川口から船に召されて窃かに江戸表へ落ちられる。夫れが為め肝腎の主公を失うた残兵の心は散々となって烏鷺付いて居ると、其十日の正午前であった。大阪城内では百雷の一時どころの騒ぎでは無い千雷万雷の一時に落ちたような凄まじい音を立てゝ煙硝蔵が破裂をした。現在生存して居る人で当時の話を聞くに、其響きは遠く十六里を隔てた和歌山の城下にまで伝えて、堅牢な城の天守台に葺いてある瓦は数枚落ちたと云う程であるから大阪市内の騒ぎは察しられる。さて此事あって以来、さしも大軍と見た徳川方の勢も何れへ免れたか一人も影を止めずなって、伏見の騒動も漸く無事に治まった。

伏見の戦いは大阪城の煙硝蔵破裂と共に全く跡を止めずなったとは云え佐幕派の根が掃蕩したのでは無い。慶喜公が江戸に落ちられたに連れ又もや江戸に騒動が初まった。是れも維新史に名高い上野の戦争である。

此の時も慶喜公には江戸城に閉居して只管恭順の意を表して居ったのであるが、佐幕派の藩士等が贔屓の引き倒しで以て事を挙げたのであった。で官軍の総督には有栖川の宮殿下、是れに隆盛を初め大村益次郎、海江田武次、橋本実梁、木梨精一郎等の諸士が供奉して東海道から、又た東山道からは岩倉具定公を大将に是れには伊知地正治、山田市之丞、板垣退助、河田佐久馬等の諸士がつづいた。此んな風で両軍殆んど十万の大軍を以て押しかけて東海道の方の勢が其先鋒品川迄進んだ時、慶喜公には元より他意が無いので其使者として勝安房守を遣わされた。処が先鋒の指令官は隆盛で勝は往年其師となった事があるを幸い旧師の威力を以て一言の下に隆盛を屈伏させ、戦鋒を治めしめんと計った。が隆盛は其手に乗らなんだ。公私は混交する事出来かねるとの意味を以て一言の下に弾ね付け、続いて其言責を取って厳しく追窮し、終には訳無く官軍を江戸城へ入るゝに至った。是れが為め慶喜公には江戸城を落ちて上野の寛永寺に免れる。是れに続いて佐幕を唱えて居る各藩の士は同じく上野に従い、此処で彰義隊と云う名乗りを揚げて官軍に戦いを挑むに至ったのである。が元より烏合の兵で、個々に如何程勇猛であろうとも秩序の整のうた官軍の敵で無いのは元よりの話。僅か一日の戦いで潰走して、続いて旗を挙げたのは会津の城である。是れも瞬く暇に落城して世は漸く静まろうとする時、榎本鎌次郎が総大将に、松平太郎を副大将に、大鳥圭介を陸軍奉行に、荒井郁之助を海軍奉行にして残党の面々夥多を引卒し旧幕府の軍艦一隻に搭乗して品川沖を出発し、函館の五稜廓に拠って旗を翻えした。此処では随分激しい戦いを開かれたが是れも程なく平定して全く佐幕党の影を失い、陛下には江戸に都を御遷しになって東京と改ためられ、年号も目出度明治元年と改元遊ばされることゝなったので隆盛も一先ず故郷へ帰った。処が其翌二年の六月、朝廷には其功労の多きを認められ、優渥なる賞状と共に二千石下賜の御沙汰を賜わり、間も無く正三位に叙勲せられて参議に任ぜられたので、其恩賞の厚きに感泣して、孜々として怠らず勤務して居ると翌年には其兼務として陸軍大将の大官を拝受するに至った。尤も恩典に浴したのは隆盛だけでは無く、勤王に尽した諸士は其功労に応じて夫れ〴〵授けられたのは云うまでも無い。

此んな風で国内は全く平定するに至ったが、茲に秀吉が征討した以来、幕末に至るまで年々我国に国産を納め来った朝鮮は、維新の事あって以来其事が絶えたのみか、国内に触れを出して日本人に交わるものは極刑に処するなぞと厳命を下して侮蔑する事が甚だしいと伝えられた。夫れのみか一方では当時清国の領地であった台湾の生蕃が琉球へ航して屡々是れを殺すと云うことまで聞えたから大臣参議等の顕官達は其両者の処置について評定を行われた。其時席に列したのは西郷を初め、副島種臣、後藤象二郎、江藤新平、板垣退助、桐野利秋、其他の人々であった。尤も太政大臣三条実美公も列席される筈であったが折柄病気の為め引っ籠られて居ったのである。さていよ〳〵議題の件に就て先ず口を開いたのは隆盛であった。「台湾の事については無論捨て置く訳にはゆかぬが、是れは人民同士の間に出来た事であるから後廻しとして何よりも先き捨て置き難きは朝鮮である。彼れ自己の微力をも省みず我国を蔑しろにし、国威を傷けるは誠に以て不都合な奴。されば事々しく議論するに及ぶまい。此の上は我国の恥辱を雪ぐ為め兵力に訴えて一戦の下に懲しめるより道あるまいと思うが一同の意見は何うか」と一座の人を見廻わすと、板垣退助は「如何にも御尤もの御説、今後朝鮮ばかりでは無く我国の体面を汚すものがあれば斟酌無く充分に懲すがよかろう。さすれば自然夷狄の侮りを受ける事はあるまいから」と西郷説に賛同すると続いて江藤、桐野、副島と云う風に一人の異議を唱えるものも無く、全員一致を以て可決したので其赴きを病中の三条公に通知すると公も異議無く同意したから平癒を待て奏上し、其勅許を得た上でいよ〳〵出征しようと隆盛は楽しんで居った。処が三条公の病気平癒に至らぬ内、兼ねて欧米各国へ派遣されて居った岩倉具視、木戸孝允、大久保利通等の諸侯は帰朝され、其内岩倉公は三条公の平癒まで太政大臣の大官を代理命ぜられた。是れによって奏上の儀を待ち遠しく思うて居った隆盛は岩倉公の手を経て勅許を賜ろうと決議書に申請書を添えて公の手許へ差し出すと、直ちに手続きに及ばれる事と思いの外、公はツクヅク読み終って「是れは決しからぬ決議を致されたな。自体今日の我国は何んと思われて居る。維新の大業漸く其緒についたとは云え未だ整うたりと云う場合でござるまい。国内其秩序を見た後、初めて海外に及ぼすは至当の事であるに未だ其事を行わぬ前に斯様な事を致されるは以ての外の事である。予は不肖ながら大官の代理を仰せ付けられた身分である。かゝる馬鹿〳〵しき奏請は恐れ多くて奏上致す訳にはならぬ。早々御持ち帰りなさい」と以ての外の言葉。然し隆盛は殊更ら顔を和らげて胸中目算のあること、殊に邦国の威信に関すること等を精しく説き出したが更らに一顧をも与えぬのみか、懐中から書冊を取り出して黙読して居る様に大に怒った。「国家の大事を語るに耳を貸さず加之さえ差当って必要の無き書冊を読むとは身大官として不条理の至り」「扣えッ、要も無き愚論に耳を傾ける予では無い」「何ッ愚論……参議一統の決議を愚論なりとは余りの広言……」と舌戦益々激しくなるにつれ、折柄入り来った大久保、木戸の二公にまで諮られたが何れも反対を唱え、遂に切角の決議も容れられぬことゝなった。是れが為め薩摩気質の隆盛は憤怒の余り断然職を辞して故郷に帰ると、是れを聞き伝えた天下の志士中三公を悪むもの続々現われ、遂に公の参内を待ち受けて途中危害を加えようとするものさえ現われるに至ったのである。

◎城山々頭の夕嵐

隆盛が職を辞したに次で江藤新平も職を辞した。職を辞して故郷の佐賀に帰り胸の煩悶を洩らす為めに同志を語らい暴動を起す。是れが漸く治まると間も無く台湾の生蕃事件が益々喧すしくなったので陸軍中将西郷従道を事務総督に、陸軍少将谷干城、海軍少将赤松則良の両名を参議にして三千人の兵を率いしめ是れが討伐に向わしめた。が是れも清国から五十万円の償金を取って其局を結んだが、其後幾許も無く、即ち明治九年に至って熊本に神風連の騒動が起る。続いて長州萩の城下に乱が起る。是れ等を時の当局者が必死となってヤッと静めたと思う間も無く、翌十年の二月、九州の一角に大擾乱が起った。

此の戦争は惜むべき英雄に暫らくの間ではあるが汚名を着せ、遂には城山松の夕嵐と共に生命を葬り尽くした西南戦争である。無論隆盛は国家を憂うる志士であれば、如何に憤懣の気ありとも私事に天下を騒がすような事はせぬ。夫れで征韓論の事から岩倉公と議合わず職を辞して以来鹿児島に帰り、日々愛犬を引き連れて故山に鳥獣を渉って居るのみであったが、此の辞職と共に続いて骸骨を乞うたのは日頃隆盛を師父の如く慕うて居った桐野利秋、篠原国幹、村田新八、別府新助等の諸士であった。是れ等も身を引くと共に故国に帰って隆盛に従い、相変らず指導を仰いで居るものから、隆盛も無為に遊ばすのは好まぬ処と考えて、幸い城下には完全なる学校の無いと云う処から自分の賞典禄二千石を抛ち、新たに私学校を設けて是れ等の諸士に其教鞭を執らしめた。処が城下の子弟は、何がさて西郷先生設立の学校と云い、土地出身の名士が教鞭を執られるが上、今までは充分な学校と云うて無い折柄なので入学する者日々に多く、忽ちの内に二万に余る生徒が出来たが、創立の際は元より左程大規模で無かったのであるから一校は満員となれば分校を設け、其分校が満員とならば更らに分校を設けると云う有様で日ならず七八ケ所にまで分校を見るに至った。

処が其教鞭を執って居る人々は何れも憂国過激の士、殊に日頃隆盛に心服して居るだけに隆盛は有為の偉材を以て居りながら時の大臣に議容れられざる為めとは云え僻鄙に潜まして置くのは誠に慨嘆の至りであると云う様な慷慨の気を時に触れて洩らすので、生徒は何日しか是れに感化され、偶には路上で現政府当局の事に付て口に出す事もある。のみならず一方隆盛の方へは諸国の志士は其偉名を慕うて門を叩く者尠く無い有様。然るに当時の政府では隆盛の辞職後、桐野と云い篠原と云い、以下常に其心服して居った人が踵を接して職を引き、共に故国に帰って往復して居るのみか、今は私学校を設け壮年の子弟二万余を薫陶して居ると聞ては内心病しい処有る身には其間一種猜疑の念を挿さまねばならぬ事となった。夫れで窃かに間諜を入れて模様を探らすと学校の生徒は生徒で過激の言葉を誰れ憚からず語る、隆盛の宅は宅で日々一癖有り気の人が出入りすると云うので遂に「鹿児島は穏かならぬ情況があるから彼の地にある弾薬、其他危険物を捨て置く訳にはならぬ」と云う事となって御用船に将校士卒を乗せ、弾薬庫と云う弾薬庫にある弾薬兵器を積み帰らせるよう命じた。然るに是れより先き生徒等は隆盛の征韓論に就て教師たる人々から常に聞かされて居るから、「大先生がそんな御心なれば何も政府の手を借るにも及ぶまい。我れ〳〵生徒等が協力して朝鮮を征伐すれば訳はあるまい」と云う事が窃かに語り合うてあった。でいよ〳〵其場合になれば浜辺の弾薬庫にある弾薬、さては兵器の類を以て是れに充てようとまで相談があって只だ其機会を待って居ったのであるが、処へ今突然政府の命と云う口実の下に夫れを取りに来たのであるから一同は「是りゃ大変だ。夫れを取られては切角の企ても水の泡だ」と云う事で俄かに騒ぎ立って各分校の学生一同に檄を飛ばして呼び集め、是れ等は一団となって浜へ押し寄せると浜では夥多の人足を差図してドン〳〵御用船に運ぼうとして居る。是れを見た一同の面々、各自に人足を取り巻いた。「是りゃ待て、其方等は誰れに答えて夫れを持ち運ぶか。怪しからぬ奴だ。一切船へ運ぶ事はならぬぞ、若し強て申す事を聞かねば容赦致さぬ、左様心得ッ」と云うので人足は驚ろいた。見れば常々乱暴な私学校の生徒が然も大刀に反を打たせて四方を取り囲んで居るので「ヘッ、ドッ、何うぞ御勘弁を」と其場に捨てゝ逃げ去ろうとするを引ッ捕えて「是りゃ、斯様な処へ捨てるとは何んだッ」「ヘッ、アッ、誠に済みません。クッ、庫へ直ぐ直します」「イヤ〳〵庫へ直すに及ばぬ。此方の指図致す処まで運べッ」「カッ、畏こまりました。ドッ、何うぞ生命ばかりは御助けを……」と慄い〳〵生命カラ〴〵云われるまゝに私学校へ運ぶ。と御用船から此の体を見た乗組の人は驚いた。何分相手が血気盛りの壮年者ばかり其数々え切れぬ程何処から来たか見る間に現われて切角積もうとした弾薬を見る〳〵幾百とも知れぬ程運び去らすので何うすることも出来ぬ。仕方が無いから這々の体で逃げ帰って其旨を上申する。と此方の生徒はそんな事に頓着は無い、毒喰わば皿までと云う勢いで面白半分有らん限りの庫を開いては中の兵器をドシ〳〵運び、是れが空になると「序だ造兵所もやって仕舞え」と是れも役員から小使まで縛り上げて品物を持ち出すのみか、乱暴にも門標を外して「私学校造兵所」と文字を改ためて職工には相変らず出勤せしめて兵器を製造せしめて居る。が是れ程の乱暴も県の主府にある人は隆盛を畏敬し、生徒を恐れて居るから一言も小言を云わぬのみか、他国の者に此事を知られ万一政府に洩れては自分の落度になると云う処から、国外に出る者は有無を云わさず引ッ捕えて獄に投ずるの始末。是れでは役人もグルになって乱暴をするようなものである。

国外への通行を禁止したようなものであるから政府は勿論隣国のもの迄も此の事当分知らなんだ。否知らなんだのは政府や隣国の者だけでは無く肝腎の隆盛も、利秋も知らなんだ。と云うのは両人共此の両三日前から少し距れた方面へ銃猟に出掛けて居った留守中であったからで、帰って其始末を聞て驚いたが今更ら仕方が無い。処で其帰らぬ以前、少警部の中原尚雄、園田長輝の両名は鹿児島に私学校が出来、其生徒は過激なことばかりを行うと耳にしながら部下の者十数人を引き連れ、其様子を探ぐりに来て、生徒中知己の者に情を明かして是れから委細を聞こうとしたが、生徒は桐野以下に薫陶を受けた精神と、隆盛の身の上を聞て当時の政府に憎悪の念を持って居ったから、彼れ等の犬になるような筈は無い。直ちに同校の生徒に伝えたので、一同は大に怒って遂に是れを擒にし、時の県令に訴えて「此の者等は大先生初め其他の先生を政府の命を受けて暗殺に来た者であるから処分せられたい」と申し込んだ。是れを聞た県令の大山綱良、大に立腹して「如何に政府の命とは云え怪しからぬ奴」と隆盛の為め且つは生徒の手前、極刑として獄門にかけた。隆盛は猟から帰って此の事を大村から聞き「成程生徒の過激も悪いには違いない。併し壮年の者としては普通の事である。併し政府は如何ようの存念を以て此方初め一同の者を卑怯にも暗殺しようとする、不埒千万の仕業だ」と非常に怒って遂に政府に罪を訊そうと思い立った。是れを聞た桐野以下も同様である。「先生が御越しになるのなれば拙者共も同じ事、共に罪を訊しとうござるによって御供を致したい」と云い出した。是れを伝え聞た生徒は生徒で「大先生初め先生方が問罪の為め御上京になるのなれば私共も是非御供を致したい。万一政府に於て不埒なる事を申すような事がござれば不肖ながら命を捨てゝも是れに当り申す」と云い出した。

此の事を聞た隆盛、一時は是れを制したが、生徒の聞き入れぬ様に「然らば已を得ぬ。此上は場合により兵力を以ても尋問しよう」と云う事になって何れにも其命を含め、二万に近き大勢は何れも軍備を整のえていよ〳〵十年の二月十日に鹿児島を出立する事になって、処が此の出立に先立って県令の大山から各沿道の県令、或は鎮台へ宛てゝ「此度西郷陸軍大将は政府に問罪の筋あって出発致されるに就ては恩顧の旧兵隊共多数随行するから決して不都合無いよう」と云う意味の手紙を送った。然るに当時の熊本鎮台司令長官であった谷将軍、此の手紙を見て驚いた。「如何に大将の位はあるにもしろ散官である以上大兵を率き連れる筈が無い。殊に政府に問罪の筋ありと云えば元より抵抗の覚悟であろう。如何なる理由あるにもせよ夥多の兵を連れ政府に抵抗の覚悟で進む以上賊軍だ。かゝる賊軍は我が鎮台のある以上一歩も是れより通す事はならぬ」とあって直ちに市中に触れを出して市民に避難をすゝめ、城中には兵糧弾薬をつめて軍備を厳重に構え初める。此処二月の中旬になって西郷勢の先鋒が現われ、茲に端なく戦端を開いたのが初めとなって谷将軍は僅か二千余の兵を以て籠城する。西郷勢は是れを囲んで各所に激戦する。其内政府から有栖川宮殿下を大将として御征伐に下られる。西郷勢は是れも防いでよく戦い、四十日余の間は日々激烈な戦争を以て続けたけれども、何分兵数には限りある、弾薬にも限りがある。日一日と苦戦となって再び郷里へ引き揚げ、城山に籠って此処でも能く戦かったが、勝ち誇った官軍は海陸両面から激しく攻めたてる為め、遂に城山の一角に追い込まれ、到底挽回の見込無いのを覚り矢立を取って、

孤軍奮闘破囲還　一百里程絶壁間　我剣既摧吾馬斃　秋風埋骨故郷山

と七言絶句を紙に記し、別府新助の介錯によってあわれ蓋世の英雄も草葉の露と消え去ったが、天は大義に組した英雄を長えには葬り去らず、今は其英姿は九段坂上一基の銅像に現わし、維新の大功臣として其名は四時芳しく匂うて居る。

凡例

一、本書は『立川文庫』第十五編「西郷隆盛」（立川文明堂　明治四十四年刊）を底本とした。

一、「仮名づかい」は、「現代仮名遣い」にあらためた。送り仮名については統一せず底本どおりとした。
おどり字（「ゝ」「ゞ」「〳〵」等）は、底本のままとした。

一、漢字の表記については、原則として「常用漢字表」に従って底本の表記を改め、表外漢字は、底本の表記を尊重した。ただし人名漢字については適宜慣例に従った。

一、漢字については、現代仮名遣いでルビを付した。ただし漢数字については一部をのぞきルビを付していない。

一、誤字・脱字と思われる表記は適宜訂正した。会話の「」や、句点（「。」）読点（「、」）については、読みやすさを考慮して、あらためたり付け足したりした箇所がある。

一、今日の人権意識に照らして不当・不適切と思われる語句や表記がみられる箇所もあるが、時代的背景と作品の価値に鑑み、修正・削除はおこなわなかった。

一、地名、人名、年月日等、史実と異なる点もあるが、改めずに底本のままとした。

解説

加来耕三
（歴史家・作家）

立川文庫の成立

立川文庫は、一世を風靡した庶民の教養であり、当時の最大の娯楽であった。

明治四十三年（一九一〇）から、関東大震災後の大正十三年（一九二四）にかけて、出版の中心・東京ではなく、大阪の立川文明堂（現・大阪府大阪市中央区博労町）から刊行されたのが、このシリーズであった。発行者は、兵庫県出身の出版取次人で立川文明堂の社主・立川熊次郎である。したがって、一般には「たちかわ」と言い慣わされているが、本来は「たつかわ」と読むのが正しい。

「文庫」とは、その名のとおり、小型の講談本である。判型は四六半切判。定価は一冊、二十五銭（現在なら九百五十円〜一千円ぐらい）だった。総刊数二百点近く、のべ約二百四十の作品を出版し、なかには一千版を重ねたベストセラーもあった。

青少年や若い商店員を中心とした層に、とくに歓迎され、夢や希望、冒険心を培い、ひいては文庫の大衆化、大衆文学の源流の一つとも成った。立川文庫の存在は、その後の文学のみならず、演劇・映画（日本で大規模な商業映画の製作が始まったのは明治四十五年、日活の創業から）など、さまざまな娯楽分野にも多大な影響を与えている。

――スタートは、単純なものであった。

もと旅回りの講釈師・玉田玉秀斎（二代目　本名・加藤万次郎）の講談公演を速記した「速記講談」であった。が、やがてストーリーを新たに創作し、講談を書きおろすようになる。いわゆる、「書き講談」のはしりであった。

立川文庫では、著者名として雪花山人、野花（やか、とも）散人など、複数の筆名が用いられているが、すべては大阪に拠点をおいた二代目・玉田玉秀斎のもと、その妻・山田敬、さらには敬の連れ子で長男の阿鉄などが加わり、玉秀斎と山田一族を中心とする集団体制での制作、共同執筆であった。

その記念すべき第一編は、『一休禅師』。ほかには『水戸黄門』『大久保彦左衛門』など、庶民にも人気のある歴史上の人物が並んでいたが、何といっても爆発的な人気を博したのは、第四十編の『真田三勇士　忍術之名人　猿飛佐助（さるとびさすけ）』にはじまる〝忍者もの〟であった。

無論、猿飛佐助は架空の人物である。しかしこの猿飛佐助をはじめとする忍者は、それぞれのキャラクターと、奇想天外な忍術によって好評を博し、立川文庫の名を一躍、世に知らしめるとともに、映画や劇作など、ほかの分野にもその人気が波及して、世間に一大忍術ブームを巻き起こした。

本書『西郷隆盛』も、実はその影響を多分に受けた作品であった。刊行されたのは、明治四十四年十一月であり、登場する西郷は忍者でこそなかったが、立川文庫が生み出した〝豪傑〟を遺憾なく演じていた。

三人のあらくれから娘を助けたばかりか、その三人を訓戒して、娘をおくりとどけ、それでいて名を告げることをしない。猪を倒したおりには、殺生（せっしょう）禁断であったことから、素直に名乗り出て遠島処分となる。算盤（そろばん）もできれば、武術・武道の腕前はいうに及ばず、忠義に厚く信義をおもんじて、行動はどこまでも正々堂々としていた。

薩摩藩主・島津斉彬（なりあきら）の密命をおびて、京に江戸に奇想天外な大活躍を演じた本書の西郷は、それでも「薩長同盟」「鳥羽・伏見の戦い」から「西南戦争」といった史実を巧みに組み入れてストーリーを展開。最後は城山の露と消えていく。

時代劇小説の源流とは、どういうものであったか。明治の末期、つづく大正という時代背景を考えながら本書を読むと、なぜ、このシリーズが大流行したのかが、明らかとなるであろう。この度の『西郷隆盛』も総ルビで、文字は現代のものに改められて読みやすくなっている。

おおらかな時代の空気を、十二分に吸ってもらえればと思う。

史実の西郷

補足ながら、歴史上の幕末維新における西郷隆盛の存在は、時代の中で屹立（きつりつ）していた。その立場や思想、利害得失が複雑にからみ合う公家や諸藩の人々の中で、率先して幕藩体制に終止符を打ち、「討幕」から中央集権化という目標達成のために、諸勢力を結集したのが、史実の西郷であった。大政奉還後の王政復古の大号令から、鳥羽・伏見の戦い、江戸無血開城にいたるまで、明治政府の樹立をなし遂げ得たのは、ひとえに西郷の器量に負うところが大きかったといえる。

だが、こうした西郷の偉業も、多くは四十代に入ってからのものであり、三十代の彼は、奄美大島や徳之島、沖永良部島で計五年余に及ぶ離島生活を強いられていた。

このことは存外、見落とされがちである。

西郷の二度にわたる配流は、それ以前の藩主・島津斉彬の代弁者としての、西郷の輝かしい実績があればあるほど、過去の栄光が重圧となって、その身に覆い被さっていた。

安政五年(一八五八)十一月十六日、挫折した西郷は失意の中、勤王僧・月照(四十六歳)と相擁して、月明かりの錦江湾に入水したが、三十二歳の西郷だけが昏睡状態から目醒めてしまう。

つまり彼は死に損なったわけで、見方によれば恥の上塗りであった。奄美大島に三年余、わずか四ヵ月の帰藩を挟んで、西郷は再び徳之島、沖永良部島に約二年の流罪となった。三十八歳で再び召還されるまでが、いわば、その前半生であったといえよう。

文政十年(一八二七)十二月七日、鹿児島の甲突川のほとり、加治屋町に生まれた彼は、下級城下士の長子であった。十八歳のとき、いまならさしずめ役場と税務署を兼ねたような、「郡方書役助」（見習）の端役についたが、西郷は十年間、一度も昇進することがなく、上司・同僚からは、今風にいう〝空気の読めないやつ〟として嫌われ敬遠されていた。

なにしろ自分が正しいと信じたことは、相手が上役であろうが目上の人であっても、決して容赦はしない。それで疎外されると、さらに上の上役に噛みついた。

「御国（薩摩藩）ほど農政乱れたる所、決してござあるまじく（下略）」

普通ならば、西郷はそのまま藩という組織から巧みに外されて、生涯、不平・不満をいう偏屈な人物として、その名を後世に知られることもなく終わったに違いない。

西郷の幸運は、のちに彼が「お天道さまのような人でした」と泣きながら敬慕した、藩主斉彬に、その上申書を読まれたことに尽きた。

「西郷のことを外々の者から、粗暴で同役との交わりもよくないと誹謗する者が多かった」

と斉彬も語っている。それでいてこの名君は、西郷の篤実で謹直な性格を買った。

「用に立つ者は必ず俗人に誹謗されるものだ。今の世に人の褒める者は、あまり役に立つ者ではない。郡方では使い道があるまい。庭方勤務がよかろう」

加えて、一目西郷をみた斉彬は、その風貌にひきつけられる。六尺豊かな偉丈夫が、燃えるような大きな瞳を輝かせていた。身長五尺九寸（約百八十センチ）、体重二十九貫（約百九キロ）――相撲取りのような体軀に、「おもしろい」と斉彬は思ったのではないか。

嘉永七年（一八五四）正月、二十八歳になっていた西郷は、「庭方役」を拝命。斉彬の、非公式な秘書的役割を担う。当時、幕府はペリーの来航により二つに割れていた。

一つは老中首座・阿部正弘や斉彬、松平慶永（号して春嶽　越前福井藩主）、伊達宗城（伊予宇和島藩主）、山内豊信（号して容堂　土佐藩主）など、開国派の陣営。今一つは、幕政を飽くまでも譜代大名で独占すべし、とする守旧派の人々。この陣営には、のちに大老となる彦根藩主の井伊直弼がいた。当初、前者が優位であったが、三十九歳の若さで阿部が急逝すると、にわかに後者が勢力を盛り返す。

両派の対立は、十三代将軍・徳川家定の後継者問題にからんだ。将軍家定は幼少のころから病弱で、まともに口をきくこともできない人であり、それゆえ将軍の名代＝後継者を求める声は、重大な政治問題と化した。候補は二人――一人は、水戸藩主・徳川斉昭の第七子で〝御三卿(ごさんきょう)〟の一(いっ)・一橋家を継いだ一橋慶喜(よしのぶ)。英邁の誉れも高い二十一歳(安政四年〈一八五七〉時点)。もう一人が、血統では将軍家により近い、十二歳(同上)の〝御三家〟の一である紀州藩主・徳川慶福(よしとみ)であった。

結局、両派の争いは、井伊の大老就任による強権発動で決着がついた。彼は安政五年、ペリーの成果を受けて来日したハリスとの間に、朝廷に無断で日米修好通商条約を調印。十四代将軍を慶福(改めて家茂(いえもち))と決して、多くの反対派に弾圧を断行した。世にいう、〝安政の大獄〟である。

苦悩の淵から立ち直る

西郷の維新前の活躍は、このような〝安政の大獄〟につながる事情を、踏まえておかねば理解しにくい。「庭方役」となった西郷は、もっぱら将軍継嗣問題を担当し、将軍慶喜を実現すべく、朝廷の条約反対をとりつけるなどに奔走した。その過程で西郷の名は天下に知られ、薩摩藩を代表する立場にまでなったのである。京都の清水寺成就院の住職・月照と知己となるのも、このころのこと。

しかし、幕政改革派は一橋慶喜の擁立に失敗した。そのうえ、武装上洛を決断した斉彬までもが急死してしまう（享年五十）。主君の死を知った西郷は、一度は「殉死」を決意する。が、亡き主君斉彬のためにも、残された使命を果たさねばならない、と思い直したものの、井伊の弾圧は強力で、とうてい一個の西郷に抵抗できるものではなかった。己れのみならず、同志の月照の身辺も危うくなり、西郷は薩摩国を目ざさねばならなくなったが、藩では月照を日向（ひゅうが）（現・宮崎県）の国境で斬（き）ることを、画策するありさま。ついに西郷は、月照と入水自殺をはかった。が、西郷は死にきれず、一人生き残って奄美大島の龍郷（たつごう）（現・鹿児島県大島郡龍郷町）へ。流された——正しくは、匿（かくま）われた——彼は、この地で生涯を終えるべく、あんご（島妻）の愛加那（あいかな）（二十三歳）を娶（めと）り、子をもうけてささやかな平穏を得る。

　ところがほどなく、時勢が動き、藩からの召還命令が下った。活動を再開した西郷だったが、主君斉彬にかわって藩権力を握った、その異母弟で〝国父〟の島津久光を、「ジゴロ」（薩摩言葉で田舎者の意）と呼び、その怒りにふれて徳之島、ついで沖永良部島への流罪となってしまう。西郷は自らに迫る、久光の追罰——切腹と罪が妻子にも及ぶような

——をひしひしと感じるようになっていた。

沖永良部島での西郷の牢は、二坪ほどの草葺の小屋かけとはいえ、四方格子造りで、風よけの戸もなかった。半分は厠。板の衝立をはさんで、四畳半の筵敷き。むろん、独房である。錠は固く掛けられ、牢番監視のもと、西郷は以来、ここを一歩も出ず、ひたすら自分と向き合った。牢は立ち上がれる高さがなく、西郷はひたすらあぐらをかきつづけた。

食事は冷えた麦の握り飯に焼塩、わずかばかりの真水だけ。衣服や髪の手入れもなく、着替えもなかった。西郷は日の目をみない生活を強制されたが、これは監視している久光に対して、規制を厳守して忍従している自らの姿を見せることが、最大のテーマであったように思われる。

が、徹底的に自らを虐め抜いたとき、西郷はそこに新しい自己を発見した。自己再生の糸口といってもよい。そして到達した西郷の悟りが、以下の名言である。

「命もいらず、名もいらず、官位も金もいらぬ人は、始末に困るもの也。此の始末に困る人ならでは、艱難を共にして国家の大業は無し得られぬなり」（『南州翁遺訓』）

もし、島役人の土持政照が惻隠の情を解する人で、牢屋を改造して西郷を救済してくれなければ、そのまま西郷は沖永良部島で衰弱死していたに相違ない。

やがて薩摩藩は、急転する時勢の中で、ついに行きづまりをみせる。藩政の実務をあずかる大久保一蔵（利通）は、この局面で西郷隆盛呼び戻し運動を展開。西郷嫌いの久光を説得して、ようやくその実現、その再活動に漕ぎつけた。

復帰した軍政家

すべてを天命と受け止めた西郷は、ブランクを承知で政局の現場に復帰する。

ほどなく彼は軍賦役、諸藩応接掛に任命され、都を逐われた長州の巻き返し＝「禁門の変」に遭遇した。元治元年（一八六四）七月のことである。

京都に一大兵力を擁する薩摩藩の動向が、勤王・佐幕の両陣営から注目された。

ところが薩摩の軍力で「禁門の変」に圧勝した幕府は調子づき、第一次長州征伐を発令。飽くまでも長州藩を滅ぼそうとするが、西郷は幕府の軍艦奉行・勝安房守（海舟）の助言もあり、戦わずして長州の力を温存すべく画策する。

第一次長州征伐を解決する西郷のプロセスをみていると、その後の江戸無血開城までと同じ――さらには、明治六年（一八七三）の朝鮮への使節派遣も含め――死地（敵地）に自ら乗り込んでいって、至誠をもって相手の立場を尊重しつつ、話をまとめようという独特の手腕を発揮していた。このあたりの雰囲気は、本書の西郷にも認められる。

恭順の実を示すため、長州藩の責任者＝三家老の処分で講和をはかった西郷は、慶応元年（一八六五）五月には大番頭（役料百八十石）、一代家老格となっている。

翌慶応二年正月の薩長同盟の締結、第二次長州征伐への対処を経て、次の年の大政奉還、王政復古の大号令、そして慶応四年正月には鳥羽・伏見の戦いを迎えた。

この開戦前夜、畿内に駐屯している旧幕府軍を挑発、開戦に持っていくべく、西郷は後方の江戸擾乱（じょうらん）を目的に、三田の薩摩屋敷に不逞（ふてい）の浪人を集め、辻斬り、商家への押し込み、強盗、放火などの人非人的活動＝〝御用盗（ごようとう）〟事件をひきおこしていた。

さらには、江戸の治安を守っていた新徴組屯所に向けて、銃弾をうち込んだのも〝御用盗〟であり、徳川方もついには堪忍袋の緒を切って、薩摩藩邸焼き打ちを実行に移す。五藩参加の計千人ほどが、慶応三年十二月二十五日、薩摩藩邸に討ち入ったのである。

この一挙が導火線となって、慶応四年正月三日、鳥羽・伏見の戦いが勃発。結果として、旧幕府軍は敗北を喫する。戦火の中から、〝ご一新〟が姿を現わした。

達観による〝維新の成就〟

西郷の生死一如（いちにょ）は、目的（中央集権化の実現）のためには手段を選ばぬもので、西郷自身もくり返し自問自答しながら、討幕の大義のため、と「詐謀」を計ったのであった。

だが、江戸で彼を待つ徳川家の代表・勝海舟は、「無偏無党・王道堂々たり」といい、「一点不正の御挙あらば、皇国の瓦解（がかい）、乱臣賊子の名目、千載の下、消ゆる所なからむか」と〝御用盗〟事件で西郷が仕組んだことを念頭に、正論をもって挑んでくる。

あなたのやっていることは覇道であり、王道ではない――海舟の言が西郷には堪（こた）えたであろうことは想像に難くない。九月に「明治」と改元されてのち、明治元年（一八六八）十一月、鹿児島に帰った西郷は、頭を剃って丸坊主となり、犬をつれて湯治と狩りに日を送るようになる。彼は自らの役割はおわった、と考えていた。この何もかも捨てた隠棲（いんせい）で、西郷は己れのこれまでの「詐謀」に、帳尻を合わせたいと念じたようだ。

ところが、多くの犠牲のうえに成立した新政府の連中は、己れらの栄耀栄華を謳（うた）い、死んでいった者たちに心いたさず、もちいた「詐謀」を反省するところもない。そこへ、征韓論が突出した。正しくは、西郷の朝鮮派遣問題である。

明治六年、一度は閣議決定をみて、明治天皇にも一任の言葉をいただいたものが、公家を代表する岩倉具視と、盟友であったはずの大久保の反対により、天皇は自らの決定をくつがえすことになった。西郷は天皇に見捨てられた、と思ったようだ。

のちの西南戦争のおり、錦の御旗を飜して官軍＝政府軍が現われた時、西郷は敵の総大将・有栖川宮熾仁親王に抗議の一文を奉っている。その中で西郷は、

「恐れながら天子征討を私するものに陥り、千載の遺恨、此事と存じ奉り候」

と述べている。

おそらく西郷は、かって自分に向けられた海舟の言——ひいては、幕末の権謀術数を思い出していたに違いない。西郷にとって「天」こそが、敬うすべてであった。「天子」はその具現者であるべきで、かっての己れと同様、誤ることもある、と彼はいいたかったのであろう。

西郷はぜひにも、維新成就と共に隠遁させてやるべきであった、とつくづく思う。

しかし廃藩置県、秩禄公債と彼の声望抜きでは解決できない難問が、山積していた。「私には元帥にて近衛都督拝命仕り、当分、破裂弾中昼寝いたし居り候」西郷は〃破裂弾〃の中で、心身共に疲れ切っていた。「今生きて在る中の難儀さ」——これこそが、もしかすると西郷の人柄における、本質的な魅力であったのかもしれない。もともと繊細な神経の持ち主であった彼は、明治に入ると「人事を尽くして」の積極的な部分を放棄して、「天命」のみを待つようになる。

明治十年に勃発した西南戦争でも、西郷は薩軍の指揮をとっていない。その茫洋とした姿が、周囲には情に脆い日本人の典型として、西郷をたたえることにもなったのであろうが、こうした彼のイメージは、まったく別なストーリーを持つ本書であっても、遺憾なく述べられていた。

荒唐無稽の物語の果てに、史実に負けない〃真実〃が語られている。

ぜひ、ご一読を——。

（かく・こうぞう）

西郷隆盛　〔立川文庫セレクション〕

2018年12月10日　初版第1刷印刷
2018年12月20日　初版第1刷発行

著　者　野花散人
発行者　森下紀夫
発行所　論 創 社
〒101-0051　東京都千代田区神田神保町2-23　北井ビル
tel. 03（3264）5254　fax. 03（3264）5232　web. http://www.ronso.co.jp/
振替口座　00160-1-155266
装幀／宗利淳一
印刷・製本／中央精版印刷　組版／フレックスアート
ISBN978-4-8460-1763-7